我一定要去寻找，就算无尽的星辰令我的探寻希望渺茫，就算我必须单枪匹马。

——［美］艾萨克·阿西莫夫

遗失山海：息壤

谢 梅 主编

中国大百科全书出版社　知藏出版社

图书在版编目（CIP）数据

遗失山海：息壤 / 谢梅主编 . -- 北京：知识出版社，2025.5. -- ISBN 978-7-5215-1424-7

I. I247.7

中国国家版本馆 CIP 数据核字第 2025CF0112 号

YISHI SHANHAI: XIRANG

遗失山海：息壤

谢　梅　主编

出 版 人　姜钦云
出版统筹　张京涛
产品经理　朱金叶
责任编辑　李现刚
助理编辑　王怡然
责任校对　王云霞
美术编辑　侯童童
责任印制　吴永星
出版发行　中国大百科全书出版社 知识出版社
地　　址　北京市西城区阜成门北大街 17 号
邮　　编　100037
网　　址　http://www.ecph.com.cn
电　　话　010-88390725
印　　刷　文畅阁印刷有限公司
开　　本　710 毫米 × 1000 毫米　1/16
字　　数　143 千字
印　　张　10.75
版　　次　2025 年 6 月 1 版
印　　次　2025 年 6 月第 1 次印刷
书　　号　ISBN 978-7-5215-1424-7
定　　价　48.00 元

目　录
CONTENTS

遗失山海：息壤

史雨昂

> 洪水滔天，鲧窃帝之息壤以埋洪水，不待帝命。帝令祝融杀鲧于羽郊。鲧复生禹，帝乃命禹卒布土以定九州。
>
> ——《山海经·海内经》

一

对于刘歆而言，这个时代原本是安逸且幸福的。血色铸成的战争被锁在沾染沙土的竹简之中，天禄阁内 3.3 万余卷古籍构筑出稳定的秩序，他与他的父亲就是管理这过往千年时光的主人，世间流动变化的脉络在自己手掌间呼吸起伏；然而，自涂山而来的灾情却像是远古天神苏醒时因困倦发出的呼声，轻轻震碎围绕在刘歆身边的有序的文明，让他从混沌洪荒中惊厥而醒，来不及反应。

　　眼下，王莽催促得很急，今日已遣人问了四次。刘歆跪坐在崭新的竹席之上，周围摆满展开的竹简，肆意堆叠，往日珍爱的古籍变成了无用的废竹简堆。皇室典藏的罕见之书每卷他都钻研过数次，却从未见过有关传闻中那肆意增长、如洪水般吞没一切的白色泥流的记载。他只能将希望寄托于下次重看典籍时能找到先前无意间疏漏的线索，反复来了几个轮回，似是要把上面的字一个一个吃进去；可他拼尽全力也找不出与之相关的记录，凭空捏造应对之法也无从下手，勉强从慌乱中稳定住心神，又听外边来报，说是涂山有人从泥流中冒死取来小块的泥土。刘歆让下人将那泥土呈上来，见下人犹犹豫豫不敢回话，刘歆预备着打骂，一股呛人的灰烟涌进来，携带着怪异的香气，扰得胃里又是一阵抽搐。他不由得汗毛倒竖，被惊吓得精神起来，向外吼道："外边在干什么呢？"下人见状，立刻凑上前说，是运送白色泥流土块的大部队已经进入院中。刘歆不免心中疑惑，想着取来几块泥土为何还要大部队运送，这生火造烟又是为何？于是，他简单地整理了下衣冠，快步出来。

　　只见外院正中央有个方形青色的大炉子，四周堆满了沾着油脂的柴火，像是要用火焰和灰烟围住炉子内的东西，下方则是用满是古旧伤痕的青铜板打底，连着六个巨大的木质轮子，还有十二个巨木把手，吸满了从炉子边流出的黑色污水，滴答滴答地掉在白玉瓷砖上，渗出砖面灰色的纹理来。推运这辆怪异巨车的全是精壮结实的武士，眼神里透着无尽的疲劳与麻木。

　　刘歆边走边盘算，若是从涂山推动巨车到长安，得花费几次皇家祭祀典礼的资源，紧绷的心脏不免又向内吃力地缩了缩。受灾地区应是掏空家底将这巨车运过来，就只是为了让他看一眼白色泥流里的土块？若不为奢侈，那只能是情况真的万分紧急。所以，刘歆也不在乎长官的体面，狼狈地用袖口捂住口鼻，眯着眼向前又近了几步，听见"滋滋"的烧灼声，那炉子里竟似是有着什么活物，被火光映出不断跳动的影子来。

　　领头的武士见状，卸下用于推车的肩甲，朝刘歆郑重行礼，说道：

"大人，这就是祸害涂山的白色泥土，久闻大人见多识广，只求您给出应对之法，拯救黎民百姓。"

刘歆不敢暴露自己的无知，打消了这武士最后的希望，只能询问道："这泥土从何而来？有何特点？像是怕火，引山火之法可曾用过？"

武士听后，引着刘歆到背风的地方，挑起炉子东面的暗格，从灰烟中拔出能容下双目视线的缝隙，让刘歆方便近距离观察炉子里还在像动物抽搐般扭动的白色泥土块。

刘歆发现与其说这是"土"，却不如说它是"黏液"来得贴切。他想要感受下触感，或许是因为连夜查询古籍导致精神恍惚，忘记了防备，直接伸手摸向那白色土块。未等武士阻拦，土块竟受到感应，向刘歆伸出的手指袭来。在那接触的一瞬，他的脑海里莫名浮现出许多惊奇的画面：人头羊身虎齿的凶兽、有着三头或是三躯的怪人，还有在云雨电光中若隐若现的带翼黑龙……

一个浑身是血的瘦长野人突然从这纷乱的景象中跳出来，猛地出现在眼前，用如同鸟喙般的嘴巴直愣愣地冲着刘歆的脖子袭来，吓得他朝后摔在地上，脱离了幻觉，周围人急忙搀扶起他。刘歆没了力气，瘫软地半躺在地上，被挪到一旁的空地。手下喊来医师查看状况，说是惊吓过度，就给刘歆喝了几口水消汗，待喘匀气息便恢复过来。

武士向刘歆请罪自己护卫不周，说这白色泥土有迷人心魄的效果，常能产生幻境，让人深陷其中。曾有全村的村民把头埋进这土里做梦，耗了些时日挣脱不开便饥渴而亡，尸骨也都陷进去，粘连到一起，又吓疯了几位路人。

刘歆还沉浸在刚才的幻觉中没有回过味来，倚靠在石头边，朦朦胧胧地听武士介绍白色泥土的特性，不仅能迷人心魄，还会不断滋长，唯有火焰能够暂且阻挡，用山火围困的方式也曾试过，可是最终总是耗不过泥土增长的速度。还有勇者尝试用大刀砍下几块泥土带回村中观察特性，不到半晌儿就生出了满屋的新土。地方的长官只能又割下几块扔进火炉里观察，正愁如何带到长安汇报灾情，发现从土里挖出来顶着大炉子的怪铁车就像是专门为运输这白色泥土块而设计的，来不及调查周围碎掉的青铜屏风的用处，就急忙遣人汇报给中央，希望从古籍中找到应对之法。

听完事情的来龙去脉，刘歆思索片刻，自知灾情紧急不能拖延，只能走一步看一步。他先是遣人依据青铜铁车的构造设计，找地挖出一个方形大坑，夯实坑壁和坑底的土，再向内浇筑铁水，凝固后便形成一个巨大的铁皿，避免费尽千辛万苦运来的白泥钻入地下逃脱外泄；接着，在四周挖深坑堆柴，以待必要时生火控制蔓延；又让领头的武士用丝绸隔着，把炉中的白泥扔进新造的试验场地里，循着万物相生相克的道理，期望能找出消灭白泥的事物。

刘歆眼睁睁看见这白土凭空生长出新的躯体，从远处观察仿佛半透明的白灰色雪地，又如平静的湖面，能随风泛起涟漪。

他先是尝试向白泥撒去各种带有毒性的草药粉，未见效果；扑去沸水，只是激出了许多未知的黄色黏稠物，很快又被新生出来的白泥覆盖；拿铁水浇灌，也只是比沸水多生出了一层闪光的薄壳。

就在一筹莫展之际，有只小飞虫为躲避鸟的捕食而冲进白泥里，紧随其后的小鸟也控制不住冲刺的惯性跌了进去。刘歆看见这一虫一鸟的身躯竟然慢慢分解成几块，又都能保持活动；随后，更诡异的一幕出现：鸟的头颅转移到虫子的身躯上，裸露的血管与虫身的肠子粘连起来，接着，虫身又不断地吸食鸟头的血肉，增长自身的体积，最后与之相称，转身向下钻入更深处，那虫头也在鸟的躯体上慢慢变大，发达的虫腿替换了鸟爪，从白泥中一跃飞起，吓得围观的人四散逃去。

几个武士举着火把赶来，烧杀从白泥生出的怪物。而刘歆只是坐在原处，静静地盯着白泥之中生出的怪物，又回想起他之前遇见的惊奇场景，觉着在那幻觉中见到的嘴如鸟喙的男人像是多次在古籍里见过，可又不能确定，便没有多说什么，只是遣人去冒险割了一块白泥，投进三足火盆里。刘歆令武士统统转入阁内，又驱散了其他侍从，只留自己一人观察这火中的白泥。

到了半夜，刘歆终于下定决心，徒手将这白泥从火盆里取出，直接拍到脸上。这一次，他像是进入了迷幻的仙境，看到他之前见到的那个男人正坐在汹涌的大河旁边，用尖锐的石头在枯瘦的身体上留下怪异痕迹，周围全是黑红色的血迹，一旁还有长着白毛的蚂蚁尸体堆。

二

黄帝生骆明，骆明生白马，白马是为鲧。

——《山海经·海内经》

大荒之中，有山名曰日月山，天枢也。吴姬天门，日月所入。有神，人面无臂，两足反属于头山，名曰嘘。颛顼生老童，老童生重及黎，帝令重献上天，令黎邛下地。下地是生噎，处于西极，以行日月星辰之行次。

——《山海经·海经·大荒西经》

月亮在天空中出现是很晚的事情了。明亮的夜之眼开始永恒注视人类之后，过了几年，洪水就来临了。而在大洪水到来之前的那一段安宁时期，鲧的父亲颛顼就曾教过他获取天地之力的方式。说来简单，无非是引起天地的注意；然而，天地终有厌烦过往表演的时候，只有探索愈加离奇的行为，才能勉强换来一瞬的瞥视。

鲧还记得他父亲最后一次轻而易举取得天地注视的时刻。那时，他随颛顼钻入漆黑的地洞，跨越了无数个山头，不断向西北前进，来到一座小岛上。那里是通天的枢纽，名为吴姬天门，正中处有座直冲云霄的铁塔，光滑的塔壁可以映出人的面孔。向上仰望，在视线最极限的地方，还能看见一张人脸，仅有双目和嘴巴三个圆点，发出如夕阳般的红光。颛顼说，这是名为"嘘"的天神，带他来这儿，是为引起天的关注，把不断下坠的蓝天重新抬起，驱散遮蔽阳光与雨水的灰霾，以免天地相撞时人间堕入混沌。

说完，颛顼开始了舞蹈。铁塔四周的热气使他的肢体开始逐渐抽离躯体，四分五裂，又被嘘降下的黄光粘连在一起；可是，他的动作并未就此停止，而是以更加热烈的姿态奔向铁塔周边红光中更为火热的地方。

颛顼的舞跳得越来越快，躯体先是冲了出去，头部与四肢紧随其后，皮肤上的泥土被烧灼成硬壳，夹着身上的毛发脱落下来，剩下新生的洁白皮肤，爆裂出猩红的血管，身体又被黄光重组，先是变成林中蹲坐的猿猴，又变成白皮肤、四足着地的怪马，紧贴着蒸发出白汽的铁柱后重构成为人的形态。随后，颛顼的新子嗣便诞生了，那是一个悬浮的铁球。接着，铁球一分为二，上面的铁球直冲天际，呼唤着嘘把蓝天抬高，下面的铁球撞向地面，推动着大地远离天空，多余出来的土被挤上天空，又被上面的铁球吸引凝聚，形成了在黑夜同星星一起注视着人类的夜之眼。从那之后，天地就不太关注人类的舞蹈了。

那时，鲧还年幼，仅记得父亲叮嘱他自行穿过地洞回到部落，父亲生下新的子嗣后便不见了踪影。部落里的人则是庆祝天地的重新分离，龟裂的土地恢复生的能力，温和的雨水与和暖的阳光重新泽被部落，带来新鲜的粮食。在这之后的半个月，鲧以他的视角向部落里的长老们讲述自己的见闻，才得知自己当初也是这样诞生的，而父亲颛顼这一次生下的子嗣名为老童，老童随后诞下了重和黎。这次天地分离就是重和黎做的，而他们现在仍然居住在天之枢纽那里，协助父亲颛顼传达天帝的指令，嘘也完成了使命，倒入大海之中，安然入眠。

鲧刚长了几岁，想再去西北寻找父亲，大洪水就来了，而部落寻求天地神明帮助的方法失效了，自东而来的洪水淹没了农田房屋，人们流离失所无家可归，只能抱紧水面上的浮木漂到原来的山丘上。

部落首领尧为治理突发的洪水召开了会议。因为鲧是颛顼的儿子，只有他亲眼见过颛顼是如何祈祷获得天地的帮助的，所以大家都推荐鲧去治理洪水；可是，鲧除了那次吴姬天门之行，从未见过之前父亲是如何引起天地注意的。而父亲对他的教导也仅限于与这忙碌的蚂蚁有关，说是蚂蚁若是想要引起人的注意，就需要做出与往常大不相同的事情来，小至倾巢搬家向人类预告有雨，大至聚成黑潮抵抗外敌，求得人类几块粮食的赞赏，而天地对于人类的注意正如人类对于蚂蚁的注意，需做出不寻常的事情才有可能获得帮助。

自从被推选为治理洪水的首领以来，鲧就一直思考父亲颛顼对他的教导，每日休息时，就去观察蚂蚁。他发现这小小的蚂蚁有着惊人的智慧，会用泥土和石子封住可能被水淹没的入口，再从土里挖出新的透气口来。有次下小雨，叶片聚攒的几滴水珠落在地面，形成一股水流，冲向蚂蚁洞口，蚂蚁部落里的"武士"从洞里搬出来些小石块，护着洞口围成圈。水撞在石块上，转头流向了他处。蚂蚁们最后就只是用这几块小石子守护住家园不受水流侵袭。这样的场景，鲧初看只是觉着有趣，学着父亲之前那样，在洞口放了几块口粮，不一会儿，就被从洞口拥出来的蚂蚁搬回去了。

鲧心满意足地起身，打算回去，刚走了几步，忽然想到了什么，嘴角止不住地上扬。父亲颛顼的话在心中回响，他似乎找到了既能治理洪水又能引起天地注意的方法——如果蚂蚁用石子阻断水流守护洞穴可以引起人类的注意，那么，人类用同样的方法修建土堆阻挡洪水也有可能引起天地的注意！鲧一路小跑回到屋内，摊开地图，用石头蘸着红颜料描着各氏族领地的边界，画出两道平行的线，再与其他平行线相连，最后构成了新的河流走向。只要召集氏族各自围绕领地边界修建堤坝，就能让这自东北而来的洪水不断转向东南地区，再流回大海。

尧听到鲧的提议后并没有表现出太大的兴趣，只是若有所思地回到自己住的地方。似是对于当初同意选鲧为治水首领的事情感到后悔，他找个没人的地方用头轻轻撞墙，以疼痛感保持清醒。

他想到这治水的过程便是联系各氏族的过程，又能借修筑堤坝之名划分领土，重整农田，联络各个氏族。当时，尧只关心鲧有像他父亲那样引起天地注意的可能，却忽略他的野心；可是，又转念一想，这治水若是失败了，则会破坏地方氏族的势力，让他们更加依赖部落联盟。

思来想去，尧最后还是召集了尚有余力修筑堤坝的氏族。祝融氏族、伏羲氏族、女娲氏族这些信仰火、日、月的古老部落先派遣代表前往，落败于颛顼的共工也亲自赶来。随后，神农氏族、熊氏族、轩辕氏族、虞氏族等强大的部落接连来了代表，与鲧相交甚好的驩兜则是同鲧最后抵达尧的宫殿，共同商议鲧的治水方案。

三

昔者，共工与颛顼争为帝，怒而触不周之山，天柱折，地维绝。天倾西北，故日月星辰移焉；地不满东南，故水潦尘埃归焉。

——《淮南子·天文训》

有鸟焉，其状如凫，而一翼一目，相得乃飞，名曰蛮蛮，见则天下大水。

——《山海经·西山经·西次三经》

氏族会议开始，大家却不忙着讨论洪水灾祸的情况，多是来奚落共工，或是怀疑这大洪水就是因他毁坏了天柱导致的。

要强的共工这次一反常态，只是将过去的大部分罪责推脱给跳江自裁的下属浮游，并强撑着辩解，那天柱就如倒入大海沉睡的天神嘘一样，是自行断开的。他的儿子后土想要帮衬回复几句，却被厉声呵斥。各氏族的代表面露满意的神色，没有着急提议处死共工的事情。眼见鲧和驩兜迟来，尧开始责备二人的傲慢，提到鲧的方法不利于部落团结，氏族借修堤坝的名义加高自己的围墙，反而会引发互相的猜忌不满。

鲧知道尧是趁机敲打其他氏族，若是别人也就认了迟来的罪过，可鲧平日就性子刚直，不愿顺了尧帝的意愿，站在门口顶嘴说自己治水辛劳，路途又遥远，何罪之有？后随的驩兜借势帮腔。共工又像是要找回刚被打压的气势，也开口说这水灾才是首要大事，不该再关注其他细枝末节。尧帝见这几人毫无恭敬之意，其他氏族代表也不出来反对，深知自己这共主的名号虚过于实，可又不能服软。

气氛正在僵持，突然听到远方传来一声闷雷，随后是轰隆的山石滚落声。众代表便到外边查看，看见正午的天空乌云密布，挤压着重重的潮气，最远处的山丘被雨水与洪水相交侵蚀，已经破碎解体，那原本应该在夜晚出现的月亮也莫名出现在天空正中央，灰色天幕与浑黄洪水交界的最远处，有一只双头巨鸟飞过，双头之间发出赤红的光芒。尧不由得惊呼："此鸟名曰蛮蛮，见则天下大水啊！"若现在已是洪水泛滥，又见蛮蛮，说明未来可能会有更大的水患。尧深知现在情况危急，不是打压离间氏族的合适时机，便也不顾之前鲧带头失礼，只是吩咐他带众人回屋，尽快商议治水的方案。

鲧心里想的全是治水的事情，也就没有纠缠，大方地在屋内中央的沙盘内用树枝画出地图，又从怀里掏出透孔的小木罐，里面装有一小窝蚂蚁和石子，先是向众氏族代表演示了蚂蚁如何用石子围墙避开水流，又用人类与蚂蚁的关系类比天地与人类的关系，各氏族只要在领地边界筑起高高的堤坝，在两个氏族地界之间竖起两道土墙，夹起新的河道，便能引洪水转向东南重归大海。

尧听完鲧的讲述，只是朗声大笑，夸赞鲧的智慧，其他氏族代表原先要么表面仍然听从尧，要么就是与鲧交好，听到尧首先发起支持后也就附和夸赞鲧的计划。鲧得到认可自然开心，摆出作为治理洪水首领的气势，提醒各个氏族修建堤坝时需要注意的地形与建设细节，全然没有注意到尧藏在笑脸之下的其他意味。

待氏族代表统统离去后，侍从走进屋内给尧送饭，见尧红光满面，神清气爽，以为尧是因有了解决洪水的办法而高兴，就将饭食放下，然后告退。尧见状也是摆摆手，大快朵颐起来。

鲧的计划初期执行得很是顺利，各氏族在领地低洼处人工修建堤坝抵挡袭来的洪水，保护部分农田，恢复了一定的粮食生产。而鲧的行为也成功引起了天地的注意。某次，他带领崇氏部落修建堤坝的时候，天空突然降下淡黄色的神光，月亮再度于白天出现，在他面前突然出现了一只巨大的铁鸟和一只扁平的铁龟。鲧知道这肯定是被引来的天神，便主动踩在铁龟的壳上，由铁鸟带他们飞向了天宫。

过了半天时间，鲧又被铁鸟和铁龟带回了部落，拿回来一块坚硬的白色泥土。部落长者询问鲧的经历，他回答道，天帝的住所神力旺盛，自己即使是神明之后也难以承受，所以意识总是模糊的，只记着铁鸟和铁龟带他见到天帝，天帝赐予他名为"息壤"的神土，这土遇水便能激活，开始无限生长，被洪水冲刷后还能带来新的土地，让他统统放到不周山之上，形成驱使洪水入海的跨山堤坝和新的土地，这样，崇氏部落就能在此片新的乐土上繁衍生息。

鲧从天帝那里获得息壤神土的消息很快就传到其他氏族那里，先是同样擅长治理水患的共工氏族派遣后土求鲧分一点儿息壤，不然，就没有足够的土石修建堤坝，堤坝构成的人工河道一旦缺口，就会破坏原有计划。鲧想到自己父亲颛顼与后土父亲共工之间有过战争，可是仇恨早已过去，不应传递给下一代，所以，思虑再三，还是割下一小块息壤送给了后土。

后土按照鲧教的方式，将息壤投入氏族边的大河之中，只见这小小的白色泥土块很快就吸水膨胀，扩大了数百倍，原先是白色半透明状，如同动物的黏液，被洪水冲刷过后，就只剩蓬松增长的黄色黏稠物。再次吸水后，将它贴在河边的土地上，就能变成黑亮厚重的新土地，高高隆起，隔绝汹涌的洪水，而那新生的土壤只需要铺上薄薄一层，再撒上种子，过三个月就能长出颗粒饱满的粮食。

息壤的神效令各个氏族垂涎，毕竟，有土地就能生出粮食，有粮食就能活命，这个时代没有比土地更重要的事物了。于是，越来越多的氏族派出使者，甚至是氏族首领，亲自携礼前往崇氏部落求取息壤。

作为治水首领，鲧难以推脱，只能将手中的息壤不断切割分享，心想天帝体恤苍生，神力无限，肯定不会怪罪他将息壤分享给其他氏族救灾的事情，而且这息壤本身是能够无限增长的，就算分出一块，未来用水激活后也能轻易增补回来。

四

有兽焉，其状如羊身人面，其目在腋下，虎齿人爪，其音如婴儿，名曰狍鸮，是食人。

——《山海经·北山经·北次二经》

西北海之外，大荒之隅，有山而不合，名曰不周负子，有两黄兽守之。有水曰寒暑之水。水西有湿山，水东有幕山。

——《山海经·大荒西经》

快到了与天帝约定的日子，鲧手拿尚未激活的息壤，踏上前往不周山的征程。

这是他从尧召集的氏族会议回来后第一次远离崇氏部落生活的区域。他原本想顺路去各个氏族查看治水情况；但是，一出崇氏部落领地的边界进入共工氏族的地界，鲧就发现周围的环境有些怪异，不仅多出了许多长着形如动物肢体的高大树木，脚下的土地也莫名向外冒出白色的黏液。

鲧从背篓里掏出一把开路刀，又拾起一根粗壮的木棍，拿蚕布包好，蘸上油脂，再用打火石迸发的火星点燃布条，制作成驱散猛兽的火把。刚完成防身的准备，鲧就隐约听到了丛林深处有婴儿的哭声："呜哇……呜哇……妈……呜哇……"心想或许是有妇人为逃离猛兽被迫与孩子分离，情况定十分危急。于是，他急忙循着声音来源的方向奔去，却闻到了浓郁的血腥味，那哭声也变得断断续续，夹带着像是老虎用骨头磨牙的声音。

担忧遗失在丛林里的孩子被老虎袭击，鲧原本想提刀冲去，没想到脚底突然踩到一块沾着黏液的黑色絮状物。他用刀挑起一看，这团物体从下面滴下血液，再凑近分辨，发现这竟然是人的头皮。鲧不由得心惊；可是，不远处婴儿的哭声还在继续，他耐不住良心的拷问，只得蹑手蹑脚地向前慢慢移动。那夹带在哭声中的磨牙声则愈加清晰。

经过一片沾满了白色毛发的竹林，映入鲧眼帘的是由白骨叠成的尸山。慢慢抬眼向上看去，鲧差点儿吓得吼叫出来。只见一头高大的怪物正跪坐在尸山上啃咬着一名青壮男子的胸膛。这怪物大约有竹子的一半高，身体像羊，脸部却是无目的人类婴儿脸庞，爪部也是形如人类，有五指，抓握着尸体的下半身，嘴里有着老虎的牙齿，咀嚼肉时的动作却像羊食草般反复咀嚼，吃完了上半身，就伸出两只前爪，露出藏在腋下也像人类婴儿般的眼睛，看清了食物便用另一只爪子反过来抓握，从足部开始啃咬。

鲧强忍住恐惧，慢慢向后退，终是没有惊扰到怪物，又经过那片沾着白毛的竹林时，才发觉这里可能是怪物休息的巢穴，不免一阵后怕，加快速度回到大道上。中途，他又遇见了一些人与动物肢体拼接在一起的怪物，顾不上仔细观察，凭记忆进入共工氏族的地界。

刚进入部落，鲧原本以为共工氏族会利用息壤休养生息，现在却是一片萧条，有不少无人居住的破败草屋。他又往前走了几步，只听得有人认出了鲧，大喊道："鲧？就是他！快把这个罪人抓起来！"喊罢，几个精壮的汉子从隐秘的地窖口钻出来冲向鲧，来势汹汹。鲧不知发生了什么，自己又为何成了罪人，站在原地任人捆绑，被押送到共工氏族的中心。在首领的住所里，他再次见到了共工，还有后土和共工的另一个下属相柳。

鲧疑惑地问道："共工兄，虽然家父曾与你交恶；但是，之前我已将息壤神土交予令郎，用作治理水患，你现在恩将仇报又是因为什么？"

"神土？呸！"共工愤怒起身来到鲧的身前，又朝他啐了一口，骂道，"那分明是造怪物的恶土！害得我氏族同胞伤亡近半，各氏族也受了你的害。恶土质地脆弱，经不起久泡，补缺的地方全都决了堤。那日，尧帝见蛮蛮，说有更大的水患，却没想到，这水患竟是由你这万恶之人引起！现在，尧帝正要问罪于你，你却正好来了！"

鲧急忙争辩道："不对！这息壤乃是天帝所赠，怎么会祸害人间？而且，我于崇氏部落待了两年，也未见有他族来报问题。"

"那是因为去你崇氏部落地界报信的人，要么是半路被怪物吃掉，要么就是遇洪水被卷走。若这息壤真是天帝所赠，你自己的氏族为何不用？"

"天帝说让我去不周山用掉这息壤，也未曾下旨让我赠予其他氏族。"

"呵，鲧，你个罪人还在撒谎！我看这息壤是你从天帝那里偷来的吧？所以，天帝才动怒降罚世间！"共工大手一挥，不再听鲧的解释，命后土挑选氏族最强大的几名壮士，把鲧押送到尧那里治罪。后土也只能听命于父亲，把鲧带出屋子。

出了屋子，后土命人召集全部落的青壮年，在人群聚集的时候又偷偷和鲧解释了些事情。鲧这才明白，虽然确实有不少怪物从这息壤诞生，但也并不全是食人的恶兽，绝大部分伤亡都是因为洪水决堤。决堤的原因不是这息壤经不住洪水的冲击，而是河道两边的氏族为了自己更安全，会用分得的息壤把自己这边的堤坝修得更高一些，全然不顾相邻部落会因此受灾。最后，各个部落都把堤坝修得更加高大，把河道堵得越来越窄，一遇暴雨便会轻易溃败，被堤坝挤压的百丈水浪直挺挺地冲向部落生活的地方，自然伤亡惨重。

后土知道鲧是好心办坏事，可这罪过着实过大，也认为鲧确实应该被治罪。

鲧没想到导致祸害的源头不是息壤，而是这离散的人心，考虑到自己这九年来治水的最后结果是引起更大的水患，心生愧疚，甘愿服罪，被共工氏族的人押送着走向尧所在的地方。

走到半路休息时，鲧又看见了一窝蚂蚁，其中有只蚂蚁身上长满了白色的霉菌，手舞足蹈，做出不同于其他蚂蚁的怪异动作来；再抬眼望向天空，发现正好是夜晚，月亮就位于自己正上方，直勾勾地注视着自己。鲧灵光一现，觉得这是父亲颛顼给自己的提示，便趁其他人睡觉时偷袭了守夜人，半路逃跑。他打算无论如何要先前往不周山，完成天帝的旨意。

尧得知了鲧被抓住又半路逃跑的事情，知道鲧的必经之路离祝融氏族的地界最近，便命令祝融氏族派人捉拿鲧。

经历了几天几夜的逃亡，鲧已经耗尽了力气，知道自己肯定无法到达不周山，只好找到一处大河边的石头，盘腿坐下。他从随身的小木罐内倒出装着那只染着白菌的蚂蚁的土窝，发现土窝内所有蚂蚁都因为感染白菌死去。他实在想不出父亲颛顼用蚂蚁给自己的提示里的奥妙，只好呆坐在石头上，把夹在衣服另一边的大块息壤扔进大河中，然后拿起尖锐的碎石，努力模仿最初那只蚂蚁身上白菌的分布花纹，咬牙刻满全身。鲧用尽最后的力气起身，模仿他小时候见到父亲在吴姞天门时的那样，开始了舞蹈，身上的伤口被这大幅的动作撕裂开来，迸裂出大量血液。

在生命的最后一刻，鲧看见大河中央升起了一座白色的土山，随后，被洪水冲刷得只剩黄色黏稠状的物质。至高天之处射来一道红光，把这河中央的土山摧毁，也把土山周围的河流蒸发成白汽。这道红光慢慢扩大，最后吞噬了鲧的尸体。待祝融氏族的人也发现了天降在羽山脚下的红光，寻迹赶到时，现场已经什么也不剩了。

祝融氏族的人只好回去向尧复命，说罪人鲧已经被神降下的天火击杀在羽山。

五

当尧之时，水逆行泛滥于中国，蛇龙居之，民无所定。

——《孟子·滕文公下》

舜之时，共工振滔洪水，以薄空桑，龙门未开，吕梁未发，江淮通流，四海溟涬，民皆上丘陵，赴树木。

——《淮南子·本经训》

舜与四岳举鲧之子高密。四岳谓禹曰："舜以治水无功，举尔嗣考之勋。"禹曰："俞，小子敢悉考绩，以统天意。惟委而已。"

——《吴越春秋·卷六·越王无余外传》

禹自出生起就被部落里长老拿他父亲鲧的故事教育；可是，对外又要他跟着其他族人一起咒骂鲧，说他是四大罪祸之一。

平日，禹不被分配劳务，只是让他管理仓库，记录部落周边怪兽的习性，闲的时候，也要被拉着去观察蚂蚁，说鲧就是通过蚂蚁领悟了吸引天地注意的方法，最后在羽山化为黄龙升天，而禹是天上黄龙送下来的孩子，自然就是鲧的儿子。

待禹年长些的时候，长老又和他讲述有关月亮的故事，说这是他爷爷颛顼的另一个孩子创造的夜之眼，当月亮在白天移动出现时，就说明天地传来了讯息，引导人类找到解决灾难的方法。北边的共工氏族就依靠这种方法找到了沉睡的蛟龙，却错用恶土唤醒，最终引发了更大的洪水。在更遥远的北方，尧帝死后乱了一阵，最后是由舜帝确立了共主位置。

他并不相信长老的话，借着记录工作的便利结识了部落的绝大部分人，经过几番打听，找到了当初抱自己回部落的战士，名为垚。他在与怪兽搏斗的过程中被恶土夺去了右臂，转而负责部落里年轻战士的训练工作，有时候也会帮助禹检查部落围墙的安全。

禹很快就从垚口中得知当年发生的事情：鲧在羽山被祝融击杀后不久，天帝就通过月亮派下了指引人求生的黄龙，领头的便是犯了错要赎罪的鲧。这些黄龙自天而来，直勾勾地冲着地面吐出黄光。这黄光照耀的地方通常有适于耕种的良田、长满果实的树木或者易于躲避洪水的土丘。

那时候，部落的战士很快就总结出黄龙指引的规律：射出的光柱越粗，说明指向的地方对部落越重要；若是细细的几条聚在附近，通常是能获取食物的地方；若只有粗粗的一条，则是躲避洪水或者摆脱怪兽捕猎的地方。那些因恶土而生的怪物似乎也很害怕黄龙，只要是黄龙出现的地方，大概率是不会有怪物出没的。

有一次，垚看见了天上一条巨大的黄龙降下黄光，光柱比以往见过的都要粗。等他赶过去的时候，只看见了一具被溶解到只剩骨架的怪物尸体。尸体旁边还有一个睡得正香的婴儿。垚明白，这条黄龙就是在羽山飞天的鲧，而那婴儿便是鲧的儿子禹。

从此之后，黄光出现的次数越来越少了，同时，涂山地带出现了来自星辰的狐人。部落里的长老都说这是鲧赎罪完成，可是，共工还是借蛟龙兴风作浪，天帝不忍人间受苦，便又派来能够控制恶土的狐人，将鲧之前因不听天帝指令散落各氏族的恶土重新转换为可以救世的息壤。

听完垚的讲述，禹的生活没有太大的变化。在他看来，有关月亮、天帝、黄龙、息壤以及各种怪兽的故事是离奇荒诞的。他也曾向部落长老提出这个疑问，说除出没于部落周围的怪物以外，天地间似乎没有再出现过什么异象。而长老也只是无奈回答，现在是"天地不再注视人类"的时代，因此，要让作为鲧之子的禹继承父亲的事业，重新找到能引起天地注意的办法。

于是，禹又安稳地度过了几年时光，每日不过是记录新发现的怪物习性，清点仓库物资，趴在野草堆寻找蚂蚁洞。摸清怪物习性后，部落里的人被吃掉的情况少了很多，反而有人吃掉击败的怪物，以此来加强或治愈身体。这样的生活被来自北方的信使打破，舜帝派四岳邀请禹前去参加会议，代表崇氏部落商议治理大水的事情。

得知消息的禹不免心生疑惑，转眼看向沉默不语的长老们，便大概猜出了事情缘由。他当然不相信自己真是化为黄龙的鲧生下的孩子，那些歌颂天命的话应该只是长老为洗清由鲧带来的污点而编造的故事；但是，崇氏部落无论如何养育了自己这个无父无母的孩子，所以，为回报养育之恩，禹最终还是决定同四岳一起前往舜帝召开的治水会议。

四岳带禹绕开了共工氏族所在的区域，向东绕路到祝融氏族。禹在路上曾多次遥望那个被称为自己父亲的鲧曾前往的地方，却看见一条长着九头的巨蛇盘在山边，身形与山差不多大，比以往他见过的所有怪兽都要巨大。禹询问四岳后得知，这头怪兽就是由共工的下属相柳变来的。原来，共工氏族统领的区域早已没有人烟，部落残存的人由共工之子后土带领迁往了新的地区生活，只剩变为怪兽的相柳，每日贪食九座山头，再将腹内的食物反刍为沼泽，祸害一方。

禹追问道："四岳大人，部落里的长老说父亲曾见过共工的下属相柳，他又是怎么从人变成这巨蛇的？"

四岳答道："自共工撞断不周山引发洪水，又用从鲧手里得来的恶土唤醒蛟龙之后，那蛟龙吐出的妖水与恶土结合，便能把人转化成这样的怪物。"

"那共工现在又身在何处？"

"不知，舜帝那里只记载到共工撞断不周山的事情，之后便没了消息；不过……"信使迟疑了一阵，语气变弱不少，说道，"据我部落长老们私下的传闻，共工撞断不周山之后和你父亲鲧共同参加了治水会议，还傲慢顶撞尧帝。尧帝派祝融氏的人除掉鲧后，共工又偷偷带着恶土去了被撞断的不周山，在那里变成了巨兽。也正是从那之后，山海间出现了许多由恶土生出的怪兽，而这相柳也是其中之一。"

"共工若真的同家父参加了治水会议，在这之前，他的人身又是怎样撞断不周山的？"禹停下脚步，仔细观察远处休眠的九头巨蛇，小声喃喃道，"共工为何要带恶土前往不周山？又是为何要变成怪物？或许真正的共工和相柳早已被杀害了？"

"不得乱说！"四岳站住身子，猛地回头，打断禹的自语，"尧帝和舜帝的记录是不会出错的，共工与鲧同为四罪，不记载他的罪过是对共工氏族的宽容。你应明白舜帝的苦心，见到舜帝多要尊重！"

"是的，多谢四岳大人指点！"禹朝信使行了谢礼，没有再说什么，后半程只是老实行路，躲过了不少危险的怪兽，又见到了三只和相柳一样与山同高的巨兽。他从信使那里得知，这三巨兽一为"奢比尸"，身环毒瘴，可呼风唤雨；二为"夸兹"，人面鸟身，可招引大风；三为"强良"，自外陆而来，独眼虎头蛇身，头上有角可发出雷电。

因为要避开许多靠近大道的巨兽和潜伏在森林的恶土怪兽，禹和四岳耽误了近三天时间才穿地洞赶到了目的地。两人一进屋子，舜就领头责难禹的迟到，而禹并未争辩，只说是自己年幼，不懂世事，拖累了四岳晚到，愿受惩罚。

舜听后大笑，起身扶起跪下的禹，当着众氏族代表的面夸赞崇氏部落教导有方，让鲧的后代没有了轻浮傲慢的恶习；之后，又领着禹走到放置在草屋中间的沙盘上，只见角落摆有一小窝蚂蚁，舜先是向禹演示了十几年前鲧治水的办法，然后询问禹对此的想法。

禹见状只是摇头，自称学识浅薄，还需舜帝指教。舜便遣人从屋外端来一个火盆，火焰包裹住一块不断滋长、像是在呼吸般的白色泥土块。这土块遇火发出"滋滋"声响，生出浓郁的奇异香味。舜说这便是鲧从天帝那里窃取的息壤，受到天帝诅咒变成了会造出怪物的恶土，而他召集禹参加会议，是想让他赎清父亲鲧的罪过，去涂山寻得自星辰而来的狐人族，将这恶土再变为治水的息壤。

在座的其他氏族代表面面相觑，无一人有异议，多是低头侧目表示默认。舜即刻宣布让禹继承鲧的事业，联合各个氏族部落修建连通堤坝，将洪水引回大海。各代表对此或是细声赞同，或是继续沉默。禹跪谢舜帝，他莫名担了很大的责任，心中十分恐慌，大概猜出了舜真正的想法。

六

中古之世，天下大水，而鲧、禹决渎。近古之世，桀、纣暴乱，而汤、武征伐。今有构木钻燧于夏后氏之世者，必为鲧、禹笑矣；有决渎于殷、周之世者，必为汤、武笑矣。

——《韩非子·五蠹》

禹乃东巡，登衡岳，血白马以祭，不幸所求。禹乃登山仰天而啸，因梦见赤绣衣男子，自称玄夷苍水使者，闻帝使文命于斯，故来候之。非厥岁月，将告以期，无为戏吟。故倚歌覆釜之山。东顾谓禹曰："欲得我山神书者，斋于黄帝岩岳之下，三月庚子登山发石，金简之书存矣。"禹退又斋。三月庚子登宛委山，发金简之书。案金简玉字，得通水之理。

——《吴越春秋·卷六·越王无余外传》

禹研究恶土与洪水七年有余了，从回部落的第三年开始，他忽然有了一个名叫女嬉的"母亲"。

女嬉来自和崇氏部落联合的有莘部落。长老们说，当年女嬉与鲧结婚，到壮年没有生育，在砥山游玩的时候吞下一颗薏苡珠而怀孕，最后生下禹，又被化为黄龙的鲧接到崇氏部落。

禹早已不在意长老们编写的历史故事，知道自己能在怪兽出没的深林存活还被养育成人，全是依靠鲧的传说。为了部落团结，所以禹也很顺利地接纳了自己父母是鲧和女嬉的"事实"，专心研究起地理。他这七年沿着长江顺流而下，又在黄河中逆流而上，走遍济水，考察淮河。他这样竭尽全力、呕心沥血地在外奔波，部落长老们也都看见眼里，记录禹七年之间"听见音乐也不去欣赏，经过家门也不进去，帽子被树枝挂住了也不回头看一下，鞋子掉了也顾不得穿上"，以赞扬他专心为民治水的伟大精神。

经过七年的摸索，禹已经基本掌握恶土的习性。鲧时代从天上获取的息壤没有遇水时不会自动生长，还能切割分开使用，现在被激活的息壤因为没人掌握关闭其自动生长的办法而被称作"恶土"。虽然高温可以暂时阻碍生长速度，但是放置在火盆中总会有外溢的风险。于是，禹借用舜给予的名号，调用各部族的武士和巧妇，聚在一起熔炼青铜，砍伐巨木，又请各部落的匠人设计可移动的大火盆，用于移动恶土。

鲧引发更大洪水之后，各部落生活艰苦，更需依靠部落联盟，听从共主的号令，难免心有怨念，想着如何摆脱联盟控制，比如后土就是自立门户与联盟断了交流。现在，禹以做青铜大器为名，将各部落的年轻主力聚拢在一起，调用联盟总仓的物资，经常做肉麦饼和肉汤面犒劳工人，自然加深了感情。劳累一天，吃饱饭后，躺在草床上，众人大都卸下了防备，敞开心扉，说起之前为保自家安全修高堤坝，导致对岸部落受灾的事情，发现各部落并非有意祸害同胞，只是信息阻隔，若是不提早修高堤坝自保，受灾的可能就是自己。

于是，禹借机聊起成立部落间联络大使的事情，得到一致好评。舜帝心里却不是滋味，毕竟，禹用的都是自家仓库的物资，可名义上禹是为了抗击水灾研究恶土，他又不好多说什么，只是回到宫殿不多露面，传给禹的讯息也多是夸赞，鼓励他联系各部落收归力量，如麻绳般拧成一股。而禹仍是谦卑回信，表示自己能力不够，各部落各有私心，能团结在一起治水已是照顾他这个治水首领，他没有收归力量的宏愿。舜帝得到消息后，出面的次数又少了许多，说是因忧虑洪灾得了心病，将治水的大事全权交给禹，表示相信禹肯定可以不负众望治水成功。这次，禹接下舜给予的权力，全力推进研究恶土治理水灾的事项。

禹收下治水全权后，对于处置恶土有两点突破：一是联合其他部落工匠，造出了巨型青铜轮车。车的上方是用青铜器铸成的方形火盆，四周用装满柴火的深沟包围，再用一环形铁壁挡住三面，绕麻绳固定，只留下低处的一面。滋长的恶土若是朝无火的三面爬去，则会自动向有火的一面落去，这一面的柴火用尽了，便可以转动环形铁壁，换到另一面去。这样不仅可以减少柴火的用量，还能保证四面时刻都能燃起大火，阻碍恶土生长。这铁壁还能阻碍恶土燃烧时散发出奇异香味，以免人吸入后误入幻境。青铜方形火盆下方则嵌入吸满水的陈木，保护推车的武士不会受火炙烤。基底装有铜轮子和抬轿用的把手，以适应不同的运输环境。制作好运输恶土的器具后，禹就可以去涂山寻找狐人。

第二个突破源自垚，他在带领武士征讨食人怪兽时，遇见一只前蹄竟是人类手臂的土蝼，它这只手上画有崇氏部落的图腾花纹。禹一眼认出这就是被恶土夺去的垚的右臂，便加派人力活捉了这只特殊的土蝼，运回部落。已须发尽白的垚一眼就认出这怪兽身上原本属于自己的手臂。禹这才确信了之前的传闻，这恶土有拆分生灵身体再重新组合的能力。

取得垚的同意后，禹尝试利用恶土把垚的手臂再移植回去。他先是蹲在青铜火炉边，把一只黑蚂蚁和一只螳螂同时扔进恶土之中，只见陷入恶土的两虫身体被强行分离，各个肢体却又能保持活力，不一会儿，就组合成新的躯体。禹用刀挑出其中一只头足为蚂蚁、前爪为螳螂的怪虫，赶至木盒里，再挑起另一只头为螳螂却长有蚂蚁颚齿的虫子放到另一个木盒里。

想到恶土遇水而醒、遇火而避的特征，禹又命人搬来一口青铜锅，倒入一半的水，拿火温煮，再切下一小块恶土，快速扔进锅里的同时，将两只怪虫一并投入。这恶土遇水流出黑黄色的黏稠物，又被下方火焰的温度所限制，生长速度明显慢了许多。怪虫的身体进入煮在水里的恶土后，开始第二次重组。禹见状用刀引导着，将蚂蚁和螳螂原有的部件分到两侧。两只怪虫竟成功恢复为原有的模样。确认试验成功，禹即刻将土蝼身上原属于垚的右臂砍下，又将锅中煮着的恶土用蚕布相隔，拍到垚右臂的断裂处，再将正在滴血的右臂接上去。禹看到拍在垚身上的恶土里长出了无数半透明的灰色丝线，将断臂重新接回垚的身体。紧接着，伤口便止住了血，开始快速闭合。

连接完成后，因为没有高温限制，恶土即刻开始生长，禹便再用蚕布把垚身上的恶土扔回青铜火盆里。垚失而复得的右臂竟很快恢复了正常，完好如初，只是他头冒虚汗，受到了极大的惊吓。

垚说在自己身体触碰恶土的一刹那，他看到了很多来自天宫的画面，有衣着华丽、头戴高帽的中年男人独自坐在三足火盆边，将火中的恶土整块拍在脸上，有银色的巨山环绕的仙境，巨大的天柱、天梯、天宫连接为一体，将仙人送到月亮之上，还有无数个苏醒的天神嘘，用双臂从天上送下许多动物和植物。

禹之前在长老口中了解过恶土可能会让人灵魂进入仙境，沉溺其中，以致肉体腐烂，也可能让人有沟通天地的能力。只是这方法太过危险，不能用于自身，所以，禹只是总结了恶土滋养怪兽的方式，即重组拼接原有寻常动物的身体，造出习性各异的新物种；然而，禹仍然不明白天帝赐给鲧这息壤，又将息壤转为恶土的用意，究竟是诅咒，还是考验。

虽然禹对于恶土的探索有了突破，但是，治水的工作却没有什么进展。历经这几年的探索，他也无非是加强了氏族部落间的合作交流，又不能按照鲧失败的方法重蹈覆辙，所以，禹在整顿队伍去往涂山之前又开启了一轮新的地理考察。若是传说中的狐人族真有将恶土恢复成息壤的办法，就当是提前做好准备；若狐人只是传说，那禹也只能依据最后的考察计划，带领族人前往远离水灾的西南和西北地区。

禹出走前，崇氏部落的长老又一次神秘地会见了他，拿出一卷残破木简，名为《黄帝中经历》。禹原本以为这又是为维护部落团结稳定而编写的故事，直到其中最老的一位长老捧着竹简念道："九嶷山东南的天柱名为宛委山，赤帝就居住在这山上的宫殿里，山顶上藏有一本书，用有花纹的宝玉托着，用厚厚的大石头盖着，这本书用的是黄金制的简，简上是青色的宝玉连缀成的文字，用白银制成的链子编联起来，那书上的文字都凸出在简片上，而那治水之法在书中有所记载。"

他明白长老口中的故事中可能藏有现实发生的事情，所以，禹临时改了考察地理的计划，先前往东方巡视，躲过了几只巨兽，又十多次从怪兽手下逃命，最终登上了衡山。可是，山上不见任何神奇的现象，只有成片的大树和轻薄的雾气。禹又在山上待了一日，耐不住性子，想下山离去。途中禹见到一队黑色蚂蚁带着粮食往山顶搬家，抬眼再望向天空，不由得心中一震。他发现暗蓝色天空上不仅有太阳，还有一个白色的、像极了月亮的圆点，想起长老之前教育他的有关鲧的故事——当月亮在白天出现时，说明天地正在注视人类，并将解困的讯息提示给正在注视白日月亮的人。

于是，禹立刻返程，再次登上山顶，可还是没有见到什么特别的现象。直到远处传来一声闷雷，银色的双头巨鸟从云层中出现，双头间发出神奇的红光，很是符合传说中"蛮蛮"的形象，而这也就代表着洪水的到来。

果然，又过了半晌儿，站在衡山山顶的禹目睹远方的洪水越过堤坝，冲他而来。身居山顶的禹自然不会担忧自身性命，周边的几个部落因为

停止了修堤坝的工作，迁移到附近的土丘生活，所以也不会受到太大影响，

就在他思考这白日月亮要带给自己什么启示时，禹从高处发现洪水竟然没有像之前那样冲破堤坝，反而是因为原有的堤坝缺口很多，将水的势头分流，融入缺口处附近的小江小河，主流的水也就消了力量，渐渐流入附近原有的河道之中。这使得禹顿悟：若是用之前鲧的方法，只会挤压洪水的势头愈加猛烈；那么，用疏的方法，或许可以分化洪水的力量，让水融入原有的江河之中。

七

古者禹治天下，西为西河、渔窦，以泄渠孙皇之水；北为防原派注后之邸、嘑池之窦，洒为底柱，凿为龙门，以利燕、代、胡、貉与西河之民；东方漏之陆防孟诸之泽，洒为九浍，以楗东土之水，以利冀州之民。南为江、汉、淮、汝，东流之注五湖之处，以利荆、楚、於越与南夷之民。

——《墨子·兼爱》（中篇）

禹三十未娶，行到涂山，恐时之暮，失其度制，乃辞云："吾娶也，必有应矣。"乃有白狐九尾造于禹。禹曰："白者，吾之服也。其九尾者，王之证也。"

——《吴越春秋·卷六·越王无余外传》

禹治洪水，通轘辕山，化为熊。谓涂山氏曰："欲饷，闻鼓声乃来。"禹跳石，误中鼓，涂山氏往，见禹方作熊，惭而去。至嵩高山下，化为石，方生启。禹曰："归我子！"石破北方而启生。

——《汉书·武帝纪》颜师古注引《淮南子》

禹参悟治水之道后又过了八年，年近 30 岁的他将九州山河的脉络条理、金银宝玉蕴藏的地方，还有鸟兽昆虫的种类以及四面八方的民间习俗，按照年轻时的习惯，整理成书，名为《山海经》。

相对之前的七年而言，这八年他在研究恶土方面没有什么进展，在治水方面却收获了成功。他在大陆东边带领部落疏泄积水，为孟诸泽修堤坝，用疏导的方式分了九条河道，将东土的洪水引入，使得冀州的人民受益；可是，水中的蛟龙巨兽因此活跃起来，阻碍了他带恶土前往涂山寻找狐人族的进程，遗落各地的恶土仍然不断生出可怕的怪兽。

所以，禹又命人改装了青铜方形火盆，专门为火盆造了一艘木船。众人乘船顺流而下，途中又遇到黄色的蛟龙巨兽，跟随禹的船员不由得心惊，而禹神情自若地从火盆里割下一小块恶土，投入水中。那巨兽立刻转头避开，随后，一座新的白色土山在河流中央升起，白日月亮出现，天空降下赤红色的光将恶土摧毁。众人见状，立刻跪拜，赞叹祝融天神的神火，而禹只是摇摇头，没有多说什么。

虽然禹也不明白能够摧毁恶土的红光到底从何而来，但是，他总感觉这并非神明也并非自然，而是源自其他未知的存在。无论是小时候拯救他的黄光，还是现在摧毁恶土白山的红光，在这背后禹感受到的不是威严的神性，也不全是他所熟知的人性，禹只好把这当作介于神明与自然之间的存在。

到禹 30 岁生日之时，他的船队终于到达了涂山地带。这里迷雾环绕，岸边居民的住宅挨得很紧，虽然没有受到洪水的灾害，但是住宅都围了两重高大的土石墙，像是恐惧着什么外来的猛兽。禹带头询问才得知涂山附近有食人的九尾狐出没，又问了传闻中来自星辰的狐人的下落。当地居民却说从未有此听闻。禹听了，心中如压了千斤重的石头，喘不过气来。若由食人的九尾狐讹传为狐人族是合理的，可这也就代表将散落在世间的恶土转换为息壤的希望落空。千里迢迢翻山越岭，最后落得竹篮打水一场空，禹自然烦闷。更何况自己年过三十，年龄太大再不结婚会失了礼制，于是，他只好先安排船队落脚，把船舱剩余的物资和珍宝统统送给当地部落，换得安顿的地方，又组织人盖了几栋草屋作为住所，打算熬过寒冬到明年开春时再想办法回到崇氏部落，或是去找舜帝复命。

有一天，禹正在林边小路闲逛，又想到了自己的婚事，忽然听到狐狸如笑般的叫声，转眼看去，只见一只通体白色的九尾狐坐在石头上，用它那双美丽透亮的淡蓝色眼睛望着自己。未等禹反应过来当地九尾狐食人的传说，禹面前的狐狸开始抖搂毛发，散出和恶土外观相似的白色黏土块，随后，身躯开始慢慢变化，先是双足站立，之后，面部愈加像人，手足虽然仍是狐狸的肉垫与利爪，但五指分明很像人手。不一会儿，这只九尾狐就变成了一位美得令人心颤的少女，虽然尾巴、耳朵、手足还是狐狸，但是其他部位全是人的模样。

未等禹开口，少女便开口说道："吾名女娇，在此等你许久。"随后，面带笑意地牵着禹的手进入深林。

有路过的人见禹被九尾狐领走，吓破胆子，踉跄跑回部落，说禹被食人的九尾狐袭击，应是已经遇害。同禹而来的船员个个哀号，有的打算组织队伍救援禹，被当地老者拦下，说九尾狐吃人吃得很快，现在去可能连尸骨都找不到，还会搭上自己性命。船员只好作罢，接着哀号，从白天哭到黑夜，哭没了力气就睡去，第二天，再接着哭号。

众人正在为禹哀悼时，禹却神清气爽地回来了。别人问他的经历，他却闭口不谈，只是说找到了将恶土再转换为息壤的方式。又有人问他利用息壤治理洪水的计划，禹只是大笑，说："各位看看，我们一路走来，现在还有毁灭整个部落的大洪水吗？"见没人应答，他畅快地起身，望向居住着九尾狐族的林子，"现在，我已明白了息壤的运作方式。这是比神明还要厉害的存在赐予我们人类的神物！"

禹说着，走出草屋，猛地抬眼看向天空，举起手中不再自动生长的息壤，像是这息壤之中有一双眼睛正在与他对视。

回去向舜帝复命的路上，总有人询问禹被九尾狐带走后发生的事情。禹未曾细说过，只是为消磨时光打发船员，提到这狐人族其实原本也是普通的氏族部落。鲧散发恶土到各部落后，狐人族也受到了影响，不少族人与当地的白狐融合，成了嗜爱血肉的怪兽。直到天帝为狐人族降下星辰的祝福，银色的天石流出淡绿色的气体，治愈了变为怪兽的族人，使他们分离成能保持理智的个体，恶土也变为不再肆意增长的息壤。

狐人族依靠息壤，看见了许多天帝传下的旨意，他们看到这息壤源于生命之神的恩赐，原本是用于传播生命，只是不利于智慧的成长。于是，另一位智慧之神感受到在不周山祈祷的信徒，又降下智慧的火种，依靠环境生长出许多制衡恶土怪兽的巨兽。至于那天帝，也就是创世之神，在月球上睡了许久，从梦中醒来时发现生命之神与智慧之神的博弈，只好降下红光与黄光，各有功效，守护原生的子民。

船员多是被禹讲的神话震慑住，也就忘记询问他与女娇的姻缘，更无从得知禹与狐人族的交易。而禹也通过这息壤看到了许多他至今无法理解的画面，像是从地底而来的彩色电光，从天外而来的诸位神明，还有与天相接的银色天梯和无数通体闪亮尾部喷火的银鸟。而他能够理解的，则是未来的自己创立的为除去天外之物影响的"山海司"。

虽然那时的禹尚不理解为何自己能与未来无数的人通话，但他还是能够明白，治水的关键不在于息壤的正确使用，而在于氏族离散的人心能够聚拢。这件事在他探索息壤奥秘的过程中已经做到了。

禹回去复命的旅程很是顺畅，各氏族使用了禹教授的方法，将洪水疏导，又互相帮助合作，现已三年有余没有出现新的大洪水。原有被水淹没的土地也逐渐复出，成为适合耕种的良田。所以，各氏族都是真心拥护和感谢禹。

待禹回到部落联盟时，舜因心结已病重，不出半月就离世了。禹为舜守了三天灵，接替了他的位置，又重新相约各氏族代表在涂山相会，确立新的国都在阳翟。之后，在会稽山上召开氏族会议。防风氏姗姗来迟。禹明知他是有意为之，虽然想到自己曾经也在舜召开的会议上迟到而被奚落；但是，禹深知要让部落间团结，利益、情感与恐惧都是必需的，于是，他下令杀死了防风氏，又让尸体暴晒三天。从那之后，各部落就没有了独霸一方称王的想法了。

禹把曾经共建的青铜大器连同未被激活的息壤一同埋在涂山，又为化作了石头的女娇专门修建了墓室。除使用息壤的山海司成员之外，不会再有人知道这段令他悔恨终身的过往——禹曾经动用了息壤禁忌的力量与熊怪融合，只为开通轩辕山疏通洪水，却丧失了理智，是女娇舍命献出自身所有附带天石之力的息壤才唤醒了禹，而耗尽力量的女娇则化为了石头。

现在，禹已经是统领所有部落的王者了，而他余生要做的是抗击外来神明对于人世的影响。他相信，只要人心像抵抗洪水时那样团结，就一定会取得胜利。虽然这样的团结不会持续太久；但是，禹并不灰心，因为他早已通过息壤看到未来的人们将在一次次的灾难面前重新团结起来。

八

《山海经》者，出于唐虞之际。昔洪水洋溢，漫衍中国，民人失据，崎岖于丘陵，巢于树木。鲧既无功，而帝尧使禹继之。禹乘四载，随山刊木，定高山大川。盖与伯翳主驱禽兽，命山川，类草木，别水土，四岳佐之，以周四方，逮人迹之所希至，及舟舆之所罕到。内别五方之山，外分八方之海，纪其珍宝奇物，异方之所生，水土草木禽兽昆虫麟凤之所止，祯祥之所隐，及四海之外，绝域之国，殊类之人。禹别九州，任土作贡，而益等类物善恶，著《山海经》，皆圣贤之遗事，古文之著名者也。

——［西汉］刘秀（原名刘歆）《上〈山海经〉表》

刘歆从未想到这祸害涂山的白色泥流竟是史前神话传说中的息壤，更没想到可以通过息壤看到史前发生的神话真相，万般思绪藏匿于心，望向自己正前方的大河，只见满山的白色息壤涌入河中，激起黏稠的黄色物质，又触碰到河道边的土地，生成新鲜的黑土，随后，巨大的月亮出现在太阳旁边，降下炽热的红光，摧毁了河中尚未被转化的白色泥土。

他知道王莽也注意到息壤的存在，并特别命人留存了一块，世间另一块留存的息壤则存于自己的书阁之中。同时，他发现王莽自从生了一场大病之后仿佛变了个人，言行举止统统不一样了，仿佛是他原有的躯体里装入了另一个人的灵魂，而这个灵魂远比之前的那个要危险许多。

与禹对视后，刘歆对于世界的认知发生了天翻地覆的变化；但是，这种变化让他落入了新的稳定之中，以至于当天降的红光唤醒沉睡在河底的八头巨蛇相柳时，刘歆并没有表现得太过惊讶，只是安稳地坐在轿子中，回想禹在那天夜里通过息壤告知自己的事情。

来自过去的"山海司"与来自未来的"王莽"之间的战争才刚刚开始，没有什么政治野心的刘歆原本无心牵扯其中，但他对于探索史前真相仍有着不可抑制的欲望。所以，刘歆还是打算接下禹对自己的嘱托，在探索完真相之后就同山海司一起，让这息壤连同从史前传下来的其他天外神物与巨兽一起遗失于历史长河之中。而这，或许才是对人类文明最好的守护。

作者简介

史雨昂，男，笔名 DaDa 黑鹅，获华语科幻星云奖月殖专项金奖暨青少年历史科幻专项银奖、"鲲鹏"青少年科幻文学奖、未来战争科幻文学奖、娘子关科幻文学奖、四川省科幻创作征集活动最佳作品奖、年度科幻星火奖等奖项。香港都会大学创意写作硕士，济南市作家协会会员，科幻与未来科技发展研究中心副秘书长，星辰杯系列赛事创始人暨组委会总主席，曾任高校科幻平台理事。曾在江苏省青年科普科幻作品大赛、北京科学技术协会蝌蚪五线谱龙门赛、川渝地区高校科幻征文大赛、北京石景山科普科幻创作大赛、朝菌杯、星痕杯、星火杯、月曜杯、上海高校幻想节、万夫致未来征文等赛事获奖。作品发表于《中国青年报》《中国青年作家报》《小小说选刊》《微型小说选刊》《小小说月刊》《百花园》《科幻画报》《陕西工人报》《娘子关》《咪咕·奇想》《零重力报》《舱外》等刊物。作品收于《旧日巡行》《月球移民地纪事》《遗失山海：息壤》《面朝大海指南》等图书。

浑天密钥

李京谚

未之或知者,宇宙之谓也。

——《灵宪》

一 "天外"来客

永建五年(130)秋,张衡复职太史令不久。眼看政事逐渐衰落、宦官干政风波频起,刚正不阿的张衡自然不愿与其沆瀣一气。于是,他设客问体,写下《应问》来表明自己的心迹,并且上疏陈事,想以此来劝谏汉顺帝。此时,年仅 15 岁的汉顺帝被身旁的宦官们包围,在这些"忠臣"的花言巧语下,张衡被塑造成了对皇帝有所不满的"佞臣"。念在其功绩颇丰、复职太史令又不久,汉顺帝免去了对张衡的罪行处罚,改为给予其"休沐"十日假期。本就对浑浊的官场感到厌倦的他,在"休沐"

首日就从洛阳匆忙地赶回了家。

南阳秋日的夜晚已有些许寒意，微风轻拂，菊桂贻芳。星罗棋布，星光璀璨，张衡站在庭院中，抬头仰望着这片绚烂的苍穹：那是玉衡星，是从北斗七星"勺柄"处数的第三颗，也是七星里最亮的一颗；那是岁星，岁星之所居，五谷丰登，看来今年的收成有保障了；那是……只见天空的一隅有三四颗星星的轮廓像是被扭曲了一般，形成大圆弧，神似未完全勾勒出的圆圈，而其中景象则像是周遭星宿的倒影，深深地隐匿在浩瀚的群星中。

这是罕见的异象！张衡顿时兴趣大增，朝着那个方位用手指比画两下，接着，叫来助手们，搬来自己改进后的浑天仪，放在刚才站立过的地方。终于安置好这个大家伙，张衡便迫不及待地开始测算起来。浑天仪的最内层有一个精铜制成的窥管可以向南北方向移动，他将窥管对准出现异象的方位后，通过空心的窥管就看到了异象的位置；接着，通过窥管最内层的指示刻度就读出了异象的赤纬南北方位；最后，他将第二层与最外层按照规律对齐，最内层在第二层上时在赤道环上就读出了异象的赤经，在黄道环上就知道了异象的黄经东西方位。

他在仪器前研究良久，终只算得异象的方位。奈何自己已过知天命之年，精力早已不及往昔，今日的研究只能作罢。在次日的观察推断中，张衡发现，异象在白日无法用肉眼观察到，或许只得在黄昏众星初显之时方能窥之一二。

果不其然，异象在黄昏时又出现了。在今夜的研究中，张衡发现，异象不会跟随群星移动，因此，浑天仪的浑象无法模拟出它的运行规律；不过，张衡还是推算出了异象的大致距离：同为南天极却远于荧惑之天道（火星的轨道），其距地约莫八亿里。张衡对自己的这个发现感到非常满意，并且十分期待着第三天黄昏的到来。

第三天，异象消失了。张衡极力向那个方位望去，目光好似能穿透穹顶的箭矢，锁定目标绝不让其逃脱；但直至深夜，异象还是没出现。他失望地摇了摇头，眉间的皱纹又深了三分。

助手们今日有差事，不在家中，原本想用于记录异象的笔墨纸砚以及案桌现在只能由自己收拾进屋内了。

"奇怪，它今日怎么就消失了？再出去看看吧。"尽管此时自己已觉疲惫，但追逐了星空一生的张衡仍然对此怀揣着万分执念。

张衡望着天空，想起了小时候的自己。

突然，远方的天空白光乍现，孛星（彗星）似的物体拖着长长的白色尾巴划过夜空，并且还在不断变大，看似要坠落在房子的周围。"夫三光同形，有似珠玉，神守精存，丽其职而宣其明；及其衰，神歇精斁，于是乎有陨星。"白光越来越刺眼，张衡俯下身，捂住耳朵，准备避开爆炸的冲击。那个物体坠地时却未发出剧烈的爆炸声。

这令张衡感到困惑，同时也将他的好奇心全部激发。他打了个小灯笼，小心翼翼地绕出院墙，看见那物体通体明亮，照亮了周围，四周还腾起一团土褐色的烟雾。张衡便借光拾起地上一块石头，慢慢向烟雾靠近。倏尔，烟雾散尽，眼前的物体令张衡大吃一惊：此物长约五丈，最高处约两丈，通体银白色；一端垂直的壁面上有七个洞口，另一端的结构则呈现出楔形。不等张衡走近端详，此物便发出连续的轰鸣声，好像内部有什么东西要开启了。张衡先是怔住片刻，后来反应过来，看见了物体侧面的舷梯上缓缓走下三个穿着奇怪装置的"人"。他惊慌地想要逃走，跑几步后却被土坑绊住打了个趔趄，重重摔倒在土地上。他眼中充满惊恐。

此时，张衡身后却响起自己家乡的方言："张平子大夫莫慌，我等并非异类，此行远道而来，只为寻求先生相助！"张衡心里一惊，忐忑地站起来转身与他们打照面。对方摘下头盔装置后确实是人类——两男一女，张衡这才松下一半的警惕。对方一位男性指了指戴在耳朵上的装置，说道："张平子大夫，您好！我名叫刘源镯，身旁两位是郭若司和王德清。我们耳朵上的机械叫同声传译器，我等是外乡人，不熟悉河南方言，因此需要佩戴此装置交流，还望先生见谅。"随后，经过简单的几句交谈，张衡终于放下心来。来者为客，张衡将来自"天外"的三人邀请到堂屋中做客，还亲自为他们盛上三碗白开水以及些许脆饼。在夜晚和谐的氛围下，经过促膝长谈后，张衡这才大概了解到事情的缘由。

二　神秘简牍

2004 年 7 月，河北省河间市东北方的一个小村子里正在挖掘水井。两名村民在坑底铲土，倒入桶中后再由地面上的两名村民把绳子绕到滑轮上然后将桶拉上来。北方地区气候较为干燥，地下水水位较深，坑底作业的两名工人换班已有三天，井深接近 10 米，可连一滴水的影子也没看见。地底逼仄燥热的环境无时无刻不在磨炼着人的心志，两名工人额头上的汗珠如雨点般滚落，把最后的贴身衬衣脱下也无济于事。

"再干半个钟头，明儿，就换班了。"其中一名工人对另一名鼓励道。此时，两人的动力好像也增加了不少。

工人一铲下去就碰到坚硬的东西。

"你真倒霉，又挖到石头了。"另一名工人抱怨道。

"不是石头，好像是个木头。"挖到硬东西的工人用手套擦掉物体上土灰，再敲了几下，"是木头，应该还是个箱子！这下咱们有大发现了！"

于是，二人立刻将情况汇报给了地面上的工人，地面上的工人随即找来增援。在八个人的努力下，终于将这个东西转移到地面上。过来围观的人也越来越多。这的确是个木箱子，长约 120 厘米，宽约 70 厘米，高约 50 厘米，大部分表面覆盖有棕色混合着褐色、黑色的霉变斑点，箱子褪色严重，但受水损伤影响较小，因此，木箱表面的腐朽程度并不高。

在好奇心的驱使下，木箱被两名村民打开，大家争先恐后地拥上前，想一睹"宝藏"的风采。结果出人意料的是，木箱内壁为无花纹的暗红色，箱内井然有序地放着一大摞简牍。简牍的外表呈现深褐色，边缘有轻微磨损，仿佛陈述着一段古老的历史。一名村民轻轻拾起一卷展开，只见简牍上用隶书字体记录着许多数字。每个数字都被精心编排，好像是某种重要的统计。那名村民知道这是个重大发现，于是，他谨慎地将简牍重新放回木箱。经过大家反复商量后，便联系了文物管理部门，让他们过来开展更深入的研究。

隔天下午，三辆黑色的商务车就开进了村子里。从车上下来十多号人，领队先和村长了解大概的情况，再跟挖掘出木箱的村民们进行了一定的交流，最后简单地观察了木箱，以及挖掘坑洞。随后，两辆警车赶到，六名公安人员拉起警戒线，维护现场的秩序。

"李队，你说这简牍大概是什么时候的？"副领队指了指打开的木箱。

"战国时期到秦汉用得多，具体的时间还要等后期做年代测定。"领队环顾着木箱的四周，"这么久了还保存得这么完好，实属不常见。"

"下面会不会还有大量当年河间国的文物没发掘？"

"不确定，如果现场评估达到要求就上报。你也知道，如果要进行深发掘的话，那整个场地就会把村子占了，村里的几百号人就要搬迁。如果在下面没发现其他的文物，到时候也会影响我们工作的进展。"

过后的七天里，每天都有大量的考古学家、领域专家与技术员来这里，给放置了"标识牌"的地方拍照，木箱和简牍也被带走做测定。周围其他村的村民也闻讯赶来想凑个热闹，因为人数太多，公安部门不得不增派管理人手过来维持秩序。

不久，村民便在告示栏上得知了关于木箱的信息：木箱材质为松木，东汉年间制造；箱内盛放物体为毛竹制成的十卷简牍，竹子生长期约三年；简牍上均是由毛笔写的隶书数字，无图案，无注释，无其他文字，内容含义不明，经专家对比得出结论，为东汉时期科学家张衡所著。此地经调查取样研究，并未发现疑似墓葬或祭台的遗迹，深度发掘价值较低，因此不考虑对此地进行大规模的发掘工作，但会在此地设立考古办事处，以便后续研究工作。

然而，谁也没有想到，仅仅半年之后，知道木箱子事件的所有人员连同整个村子全部消失不见了，当初挖掘水井的坑洞也被填埋。后续其他村子的村民陆续移居至此，逐渐形成了新的村落；不过，他们都不知晓木箱子的事情，仿佛它继续被埋在了历史的尘埃之中。

三　保钥派与解钥派

2024年，京畿市城南大道62号光明大厦21楼。一位身着深蓝色西装、身姿挺拔、面容俊俏的男士右手提着一个黑色的文件袋，穿过长长的走廊后，敲响了尽头右侧的一间办公室。

"请进。"办公室里传出的声音浑厚而有力。

"洛教授，这是第一卷的半篇解密，请您过目。"男士将文件袋轻放在办公桌上。

洛常恭眉头微皱，睿智的目光中透露出常人无法察觉到的哀伤。他的嘴角微微下垂，表情中没有愤懑，只萦绕着深深的忧虑。

"谢谢，我知道了。你今天早点儿回家休息吧。"

男士也看出来教授似乎在担忧着什么，为了不打扰教授工作，他帮教授将书架上斜倒的书籍摆正后，又给教授的空茶杯中倒上水，简单叮嘱几句便与教授道了别。

洛常恭颤抖着双手打开文件袋，缓缓取出第一份文件，深吸一口气后翻开。第2页、第4页、第6页……越往后翻看，他的神色越凝重，第一份还没看完，就取出第二份翻阅。接着，每份都只看了寥寥数页就被放在一旁，直到翻到最后一份时，他浑身打了个寒战，手上的文件掉在了地上。他五味杂陈地看着文件，想要弯腰伸手去捡却僵在半空；接着，全身都不能动弹了。洛常恭内心恐慌万分，只见文件纸张的中心褶皱凸起，紧接着，一枚子弹瞬间突破纸面朝着他的脑袋由快而慢地飞来。眼前的环境不知何时变成了漆黑的太空，面前忽然出现了一个网球大小的地球，子弹慢镜头似的穿过它后，整个地球瞬间解体，地幔中的岩浆被抛洒到了空中……他想用手阻挡，奈何全身都使不上力，只能眼睁睁地看着子弹穿过自己的额头，剧烈的疼痛刹那间传遍全身。洛常恭惊醒过来，汗水已经浸透后背，他大口喘着粗气，捂着额头，再向地上看去，文件安安静静地躺在那里。

傍晚时分，教授召集齐相关人员召开紧急会议。60岁的洛常恭脸上写满了疲倦和忧虑，他坐在会议长桌桌头的位置，在白炽灯光的映照下，墙上只印下了他孤独的身影。

"在座的各位应该都知道20年前河北省河间市出土的那个木箱子吧，里面有东汉时期张衡所著的十卷简牍，简牍上全是数字，除此没有任何其他文字。我们原本都以为它毫无意义，直到出土木箱的那个村子消失……我手中的这个文件袋里装的就是对第一卷半篇简牍的破译成果，你们拿去传着看吧。"教授打开文件袋，将文件分发给与会者们。

众人看着文件中大量关于古文明和星宿的资料信息，感到十分疑惑。

"我知道诸位都非常困惑，请让我来解释一下吧。比如简牍这里的六个数字，其实是天上一颗星星的坐标，这个坐标与现在的测量法不同，它只能通过张衡发明的浑天仪测量出来。当然，坐标不一定是六个数字的。以此类推，我们破译的这半篇就是四颗星星与四个星系的坐标。我们原本以为张衡是在寻找外星文明，后来研究发现，那些星星和星系都很普通，是我们研究方向错了。我们假设将这些星星和星系看作没有质量的质点，把两边相对最远的点连接起来，这四条线刚好经过同一个点，而这个点在地球上对应的位置就在意大利的某处。"

与会者里面有学者询问道："这证明了什么呢？意大利那儿有人类未

知的宝藏？"

洛教授赞同地点了点头："就是宝藏，只不过，它不在意大利。你们要知道，星星的位置是会随着时间而改变的。我们将时间推到了两万年前，指向就是西班牙南部的亚特兰蒂斯。"

众人一片哗然。有历史学家对这个结果很不满："这太离谱了，亚特兰蒂斯就是个传说而已。还有，东汉时期的张衡怎么会知道有那个地方？这……这些根本说不通啊！"

教授从文件袋中取出了一沓照片轻轻放在桌上，然后翻起第一张展示给人们看："这个世界上有太多我们不曾了解过的事物，不要轻易地对未知下定论。这些照片是机密资料，没有向社会公开。通过坐标，我们的确找到了这个失落的国度，它在一万多年前也的确被水淹没了；只不过，这个国家的领袖不是波塞冬和阿特拉斯，这个国家有着很强大的科技，但也没有像传说中的魔法世界一般，甚至它的名字都可能不叫'亚特兰蒂斯'。"

与会者无不瞠目结舌，沉默就像淹没亚特兰蒂斯的洪水，将众人淹没。

教授拿出电脑，调出了自己收藏的网页；随后，把电脑调转方向面向众人："现在，我们有危机了。这个帖子是在一年前发布的，是由一群自称要'解开密钥'的'解密爱好者'发布的，而当时他们已经快把第一卷简牍破译完了。他们称呼简牍上的数字为'密钥'，并把自己的研究成果公布于众，这则帖子的评论区都称他们为'解钥派'。"

"他们的研究结果和我们是一样的吗？"有学者问道。

教授的神情黯淡下来，嘴角似乎有些抽搐："不仅是一样的，他们的结果还领先于我们的研究不少。最令我难以接受的是，他们想通过破译这些坐标，来获取那些已灭绝的古代超级文明的科技遗迹。你们要知道，简牍可是有整整十卷啊！"

"教授，您多虑了，帮助人类发展不是好事吗？我们的科技也会越来越发达的。"

"这是潘多拉的魔盒，这是达摩克利斯之剑！唾手可得的宝藏只会勾出人类的欲望，而人类的欲望本身就是无限的！所以，在座的各位请相信我，我们要停止对简牍的破译。虽然我们会成为解钥派的对手，但我们必须引导他们走上正道。保护密钥，停止研究，世界不需要这份解密。那些曾经辉煌的古代文明早已湮灭，说明在大自然面前的我们无非就是一群蚂蚁，共同抬着一片大叶子就误以为我们拥有可以抵御任何灾害的能力！各位，我已经预感到将来会发生的事，我不希望未来会成为那样。所以，现在让我们齐心协力，传播保钥的思想，让更多的同仁从历史的流沙中逃脱出来，保护密钥就是捍卫人类美好的明天！"

大家沉寂片刻，随即爆发出如雷鸣般热烈的掌声。在三个小时里，"保钥派"成立了。

人们原本都以为这只是一场有噱头的网络风波，殊不知冲突的导火索已被点燃。

张衡为什么会写这些数字，没有人知道，但张衡做梦也想不到，自己居然在1800多年后成了舆论焦点。保钥派和解钥派在网络上吵得不可开交，吸引了越来越多的网民加入。大家像玩游戏似的随机加入一方展开对另一方的攻击，其中不乏两方来回切换的。随着张衡的网络影响力不断增大，这位东汉时期的"科圣"成了热点：印有张衡头像的商品销量大增，关于张衡的各种视频层出不穷，张衡所著的书籍被大量加印……位于舆论中心的简牍数字自然成了最值得人们讨论的话题。听说解密需要用到浑天仪，于是，人们大量购买浑天仪模型，甚至连等比例的浑天仪都售罄了，连同张衡发明的候风地动仪、指南车和独木飞雕等都成了热销产品。

不久之后的一则消息直接将张衡推上国际舞台：世界历史学家和科学家参照简牍上的数字坐标前往实地考察，已经发现亚特兰蒂斯和利莫里亚文明留下的遗迹，并且在遗迹中发现了从未接触过的科技和化学元素。

这是人类历史上的里程碑。

解钥派正式走上国际，许多国际知名人物纷纷加入其中，解钥派成员激增百万。反观保钥派，就没有那么幸运了。世人给保钥派打上了"封建落后""思想保守"的标签，曾经觉得好玩加入的路人们绝大部分也已退出，甚至有不少保钥派成员选择投奔了解钥派。五年后，在超级文明遗迹的加持下，人类实现了可控核聚变，文明的发展速度从坐飞机到了坐火箭。参观古代超级文明遗迹的游客络绎不绝，伟岸的建筑遗迹震撼到难以用言语表达。而数字坐标记录者张衡的塑像也在全世界建立起来，解钥派视他为精神图腾。

"洛教授，第二卷已经被他们破译三分之一了，好像后面的数字破译起来越来越困难。他们的成员人数已经接近我们的十倍了，现在是他们的天下。"那位男士还是身着当年的那套西装，岁月并没有在他脸上留下太多痕迹。

此时的教授头发已经全白，眼中多了些刚毅和不屈。

"在我们眼里，他们是反派；在他们眼里，我们是对手。这五年来，他们风光无限，我们成了过街老鼠。他们之所以兴奋于此，是因为解密带来的快感太多，国际上相关法律也没来得及完善，就被他们钻了空子了。欲望就像河流，适度时，可以滋养生命，一旦泛滥，便会摧毁沿岸的一切。"

可控核聚变成功仅十年后就出了特大事故：科学家在调试太空中能改变地区天气的气象卫星时导致卫星核聚变反应器爆炸，四散的放射性物质影响了其中一颗卫星的中控工作元件，接着，一道强劲的白光向陆地照去，陆地上顿时凭空就出现了雪山。这场事故造成100万人伤亡，全球各地开始游行示威。已经岌岌可危的保钥派突然间迎来了"春天"，大量解钥派的成员加入保钥派，此时的保钥派势力几乎跟解钥派持平。

躺在病床上的洛教授得知后并没有感到高兴，身旁已步入中年的男士不解地询问道："洛教授，保钥派现在兴起了，您为什么还是忧心忡忡的？"

洛常恭叹了口气，轻轻摇了摇头，说："仰先哲之玄训兮，虽弥高其弗违。这样的结果显然不是张衡希望看到的。其实，当初我本不希望创造保钥派，奈何我似乎看到了解钥派未来的霸权，若没有人来制止，'洪水'就要决堤了。保钥派的未来谁也不知道会变成什么样，如果再给我机会的话……除非有人能够改变这残酷的现实。"

洛常恭和助理将目光转移到医院的窗外，此时的苍穹满天繁星闪耀，点缀着夜的华章。

"这么绚烂的星空，好久都没见过了。"

四　千年救赎

岁月荏苒，光阴似箭，流年拨动了红尘的琴弦。300 个春秋，眨眼间尽成空。

2350 年，保钥派在经历六次濒临灭绝和六次"春天"之后，其成员数量已锐减至不足万人，而彼时的解钥派成员已超过百亿，其科技发展水平已高度发达。

张衡的家乡南阳现在俨然已成为国际超一线城市，它甚至拥有高效和自给自足的生态系统。那些由半透明太阳能板构成的摩天大楼群，不仅能够收集阳光，同时还是巨大的显示屏，实时展示着世界的新闻和艺术作品。飞行汽车和无人运输机在精密的空中交通网络中穿梭，几乎没有噪声。地面上，行人在智能人行道上行走。这些人行道能够根据行走速度自动调整移动速率，使得行走变得轻松愉快。城市的中心是一个巨大的全息广场，这里可以实时投影来自世界各地的活动，让市民们感受到全球解钥派的紧密联系。市民们佩戴的全息智能手表和智能眼镜替代了手机，电影里的情节已成为现实。

不过，南阳现在已经搬空了，准确地说，是搬上太空了。解钥派已具备星际航行和在太空长期驻扎的能力。临行之际，他们做了个疯狂的决定：彻底清除保钥派。他们在地球同步轨道上建造了一个巨大的浑天仪并配备了束能炮，想要一举歼灭地面上的保钥派残余人员。解钥派与其信仰者则由太空工作人员转移至月球基地。解钥派和保钥派在几百年的斗争中早已互相了解，都深知对方的信念难以撼动。解钥派知道保钥派不会伪装成对方成员跟随着转移到月球基地，保钥派的人宁愿付出自己的生命。

在距离南阳北方185千米的位置曾是洛阳市的市中心，但是由于南阳的光芒太过耀眼，洛阳的市中心已经南移50千米，成为南阳的卫星城市之一，而这里则成为现在洛阳的北郊地区。好在还有十三朝历史研究价值和旅游业，不至于让这里的经济发展过于落后。

乌云密布，细雨如织，在这个阴沉的雨夜，四周景象都笼罩在一片朦胧之中。太阳能街灯昏黄的光芒穿透这雨幕，营造出一种忧郁而古典的氛围。雨水在复合柏油路面上轻轻地跳跃，发出细碎的响声仿佛是在低声地吟唱。

一个神秘的人出现在一栋老式楼房前，他的身影被雨水打湿，一件黑色的风衣紧紧裹住他的躯体。他头上的帽檐低垂，遮住了大半张脸。此人急切地朝着楼房顶层五楼迈去，三步并作两步来到门前，急促而有力的敲门声划破了夜幕的宁静。他四下环顾，仿佛在警惕着周围的什么，雨水沿着他的脸颊滑落，与冷汗混合交织。

"谁啊？干什么的？"房间里传来老者苍老的声音。

"我有急事要跟你们商量！"

"哪一派的？"

"坚定的保钥派！"

房门缓缓开启，一束温暖柔和的灯光从门缝中泄露出来，洒在他的身上。房间内的人只见他眼睛深陷,脸颊略显憔悴,嘴角紧绷,透露出深深的焦虑,随后他进门就随意地坐到了客厅的一把椅子上。房间里加上他总共六人,另外五人是一位老者和四个强壮的中年保镖。老者头发半白,脸上的皱纹并不多,看上去英气十足。四位保镖见到这个紧张的神秘人立刻展开了戒备;不过,老者随即支开了保镖,用关心的语气询问起这个陌生人的状况。

半晌儿,坐在椅子上的神秘人的情绪恢复平稳后,讲出了令众人震惊的话语。

"保钥派首领,您还记得张衡诗作《归田赋》中的第二句吗?'徒临川以羡鱼,俟河清乎未期。'只在河旁称赞鱼肥味美,要等到黄河水变清澈还不知是哪年。我吃不上美味的鱼,我也等不到黄河水变清澈了,但你们可以。首领先生,我叫朱龚陶,我其实是解钥派前端科技的主管;不过,我内心是坚定的保钥派。您知道为什么解钥派开始陆续向太空移民了吗?因为在十天后,'玑衡浑天'就会消灭在陆地上的人类!我是来帮助你们的!"

首领与保镖无不瞠目结舌,如此戏谑的言论岂能随意在首领面前说出?再者,保钥派本身就与解钥派相互为敌,此人竟敢堂而皇之地出现在首领面前!保镖们上去架住朱龚陶就向外走,任他百般挣扎也无济于事。

"首领!您真的就甘心保钥派从此消失吗?您想眼睁睁地看着这个存在了300多年的奇迹之焰被对手掐灭吗?您还要保护密钥吗?"

首领被他的话打动了,连忙制止保镖,让他重新回到座位上。

"朱先生,此话怎讲?何为'玑衡浑天'?"

"就是天上那个东西。解钥派前段时间在新闻上报道的、能造福人类的太空机械,那根本不是造福,那是毁灭!解钥派不知道保钥派还剩多少人,但他们知道保钥派是不会跟随解钥派移民的,所以,他们并没有采取强制措施,目的就是消灭陆地上的人类。"

"那些没加入派别的人也会跟着遭殃吗？"

"是的，都逃不掉。我知道保钥派已经不足万人，而陆地上至少还有上亿人不愿离开，其中，无派别和解钥派的人甚至占大多数。我熟读历史，所以，我很清楚你们为世界做出的贡献，这就是为什么我说自己是坚定的保钥派。解钥派成员已达百亿，目前他们已经把前九卷简牍全部破译，地球上曾经存在过的超级文明几乎已全部发现，他们的疯狂已经到达巅峰了。"

首领沉思片刻，问道："'玑衡浑天'到底是什么？"

"解钥派在地球同步轨道上建造的巨型浑天仪配备了太空武器束能炮。这是照片，您看，它以浑天仪为原型，整体呈球体结构，内部的天球代表地球，表面绘有星宿及天文重要标记线，比如天赤道和黄道。它同样通过一个巨大中心轴固定，轴的两端指向北极星和南天极，象征地球自转轴。只是'玑衡浑天'能自动通过高精度电子模拟北斗七星运动。当十天后，北斗七星运行至北天中央时，天球赤道位置的七门束能炮就会自动朝向地球的七大洲发动攻击。"

"它会攻击到地球的背面？"

"这，我就不清楚了；不过，首领，我真的可以帮你们。"

首领微微一笑，只是眼中透露出的是忧郁和无奈。

"你能怎么帮助到我们呢？"

朱龚陶的眼神中顿时充满希望，仿佛恒星燃烧般强烈。

"这是绝密的信息：解钥派成功研发了的时空梭，这个项目就是我负责的。整个计划可能难以置信，但请您一定要相信我！时空梭能乘坐四人。届时，我会帮助您与其他两位保钥派成员乘坐时空梭回到东汉时期的南阳郡西鄂县，找到张衡，再将张衡带到 2024 年的京畿市，去见你们保钥派的创始人洛常恭教授，让张衡在所有人的面前解开十卷简牍的秘密。所有人都知道真相后，人类才有和平发展的可能。到时候国际会及时起草相关法案。这样一来，便没有保钥派与解钥派了，斗争自然就没有了。首领，请您务必相信我！除此之外，别无他法了。"

沉默就像一股无形的风暴围绕在首领周围。原来，刚才朱龚陶说拯救保钥派只是为了让自己留下来，并不是让保钥派成为主导。时间仿佛凝固了，房间内一片寂静。让人难以置信的是，首领并没有怪罪朱龚陶刚才的言语。

"为什么不回到 2004 年之前的河间市，将简牍挖出来销毁呢？"

"以前的人们都说未来人工智能会毁灭人类，现在来看，毁灭人类的只有人类。"

"需要我召集所有的成员吗？"

"千万不要，这会暴露我们。您可以给他们发送中微子信息，这样不易被发现。"

"没问题。还有就是，我老了，这个机会就留给你和他们吧。"

朱龚陶眼中泛起了涟漪，眼泪在不经意间就流了出来。

"对不起，首领！我和我的下属必须保证你们的安全，我们……我们不能离开。"

首领拍了拍朱龚陶的肩膀，郑重地点了点头。此时，窗外的雨停了。

刘源镯、郭若司、王德清三个人被选中，在首领和朱龚陶的指导下他们经过九天学习已经基本掌握了东汉时期和 300 年前的基本历史和时空梭的驾驶方式。距离攻击还剩三个小时，保钥派四人伪装后在朱龚陶的带领下，成功潜入解钥派的太空船坞。当保钥派第一次看见如此先进的场景时，不禁浑身颤抖。这里的太空船坞拥有一个巨大的空间，里面充满了流线型的金属面板和闪烁的各色灯光，像一颗钢铁构成的星星悬挂在无垠的宇宙中。面前的时空梭长约 15 米，最高的顶部约 6 米，整体呈现银白色；一端垂直的蒙皮壁面上有七个洞口，另一端的结构则呈现出楔形。时空梭没有攻击能力，但速度和防御能力极佳。

"三位可以上船了。如果我们不先登船，解钥派则会率先抵达东汉去接张衡，然后，回到现在，请张衡欣赏解钥派创下的宏图伟业。还有一点请大家记住：飞船的能量动力源很复杂，所以，穿梭时间的长短是有限的，但我们必须试一试。我去上面控制室开放离港权限了。"

"朱先生，请等一下。"带队的刘源镯说道，"这里为什么没有其他人呢？还有，您身为解钥派高管，为什么要帮助您的敌人？"

朱龚陶抿了抿嘴，眼睛向下看着，思索片刻："他们基本上都去中央观景舱准备看攻击了，至于第二个问题……我曾经确实想过加入保钥派，但我听说了解钥派有着更先进的科技。即使内心有万般抵触，但我为了实现这个计划依旧努力了 15 年。各位，保重！"

首领没有说什么，像是与孩子离别的长辈，泪眼婆婆地看着穿着特殊防护服的三人。他想再与三人握握手，刚举到半空时手却停顿下来，随后便慢慢放下了。首领脸上的皱纹此刻似乎又浮现出几条，颤颤巍巍地从嘴里挤出三个字："保……保重。"

时空梭缓缓驶离船坞，像是不归的飞鸟。保钥派首领谢绝了朱龚陶的驻留邀请，毅然返回陆地。由于登陆口在南阳，所以现在没时间回家了，于是，他便孤身一人来到了曾经无比繁华的张衡博物馆遗址，想起了自己半个世纪前来这里时的热闹情景，与现在对比鲜明。

解钥派发现时空梭离开太空船坞，立刻拉响警报，派出上百架战斗飞船进行追击。朱龚陶立即关上闸门，将他们的一部分士兵挡在门外拖延时间，随后，砸开应急武器箱的玻璃，取出充能枪和高爆手雷。舱门在此时被炸开，双方立刻开始火拼。身处劣势的朱龚陶只有一边反击，一边向外舱躲避。一路上，他利用身边的物体不断阻挡着子弹，配合着手上武器的进攻，多次将对方击退。充能枪能量耗尽，朱龚陶在途中中弹了，他咬着牙爬到了外舱的闸门旁，地上的血迹被拖出长长的一路。

"你无路可逃了，老朱，看来你最后还是栽在了我的手里啊。"持枪的人群中走出一个长官模样的男性，脸上充满豪横的神情，"真看不出来，你小子还能当叛徒啊！想不想活命呢？想活命，就乖乖跟我走；不然，我可不想把这里弄脏了。"

朱龚陶努力撑起身，回头看了看闸门上舷窗外的太空，时空梭正在加速驶离此地。他回头朝着那人微微一笑："苟纵心于物外，安知荣辱之所如。"随即，便从怀里掏出一枚高爆手雷。人群见状立刻向他射击。一声巨响之后，微笑着的朱龚陶与众人消失在了茫茫的宇宙中。

曾经繁华的张衡博物馆遗址孤独地伫立着，周围的建筑已经被迁离出陆地，只剩下断壁残垣的景象。今天的天气很晴朗，是因为人们都搬走了吗？首领在一块半人高的断壁上坐下来，低头轻抚着这斑驳的历史痕迹，又抬头望着蓝天。半个世纪前，这里繁华的盛况还是记忆里抽不完的丝、剥不完的茧。那时候，保钥派和解钥派还处于相对和平阶段。一切都结束了。微风泛起，首领深深地感叹世间变幻，接着，用中微子信息给所有的保钥派成员发送了一首诗：

真病药无功，精魂夺鬼工。
百年终有尽，诸相等成空。
圆落缺陷世，逍遥兜率宫。
一池沤水意，分付蓼花风。

北斗七星已经运行至北天中央，"玑衡浑天"内部天球赤道位置的 7 门束能炮对准了地球。正在被追击的时空梭上的三人回头看向地球，只见 7 道深蓝色的激光闪过，地球表面开始出现明亮的光点，紧接着，出现了巨大的火球。这些火球在陆地上迅速膨胀，仿佛是盛开在地球上的巨大红莲。爆炸产生的冲击波在大气中蔓延，形成一圈圈扩散的波纹，像是水面上被石头激起的涟漪。三人的眼泪再也忍不住，回想起首领和朱龚陶的最后一天，首领对三人叮嘱："无论何时，都要控制住情绪，为了过去，为了未来。"

时空梭太过先进，解钥派的战斗飞船都追不上。正当它马上就要启动时空跃迁的时候，突然，前方出现了虫洞，三人立即采取紧急避险措施。

"加速到最大推进力！"领队刘源镯说道，郭若司急忙调整引擎，七台推进器开始急速运转释放出耀眼的光芒。船体颤抖着，时空梭的惯性抑制系统几乎到达了极限。王德清紧张地汇报着各项功能数据。

"各位坐稳了！"刘源镯立即进行眼镜蛇机动和接近垂直的爬升。好在虫洞引力不算太大，时空梭如同越过龙门的鲤鱼从虫洞上方成功跃迁。

"不愧曾经是优秀的空军。"王德清赞扬道。

刘源镯则回应："你这位女士也不一般。"三人终于在飞船上露出笑容。

极高的跃迁速度使得时空梭的外表看起来十分明亮，巨大的空间牵引力将引擎后方的空间几乎无限挤压，飞船的动力能源注入其中，变成了一道亮白色如同光墙般绵延的尾迹。从跃迁中出来的那一刻，他们就及时开启引擎反推，飞船如彗星般划破了苍穹，又几乎如陨星般直直坠落。直到在触地前的最后一刻，时空梭终于有惊无险地降落了。

五　重返 2024

三人将整件事的来龙去脉讲完了。这时候，大家才发现，艳阳已经快升至头顶。张衡站起身来，走到庭院里浑天仪的旁边，抬起头来凝视着其中的天球良久。

"这就是最早的浑天仪！跟记载中的不太一样啊，这个反而更复杂！"郭若司感叹道。

"太震撼了，只可惜它没有流传下来。"王德清回应。

刘源镯则站在张衡身旁，询问道："张平子大夫，您愿意相助我等吗？"

张衡似乎在思索着什么，半晌儿，回答道："我只能领会其中的小部分，因为那些事物对我而言似乎太遥不可及。你们也知晓我向来淡泊名利，但鉴于你们迫切需要我的援助，我也应适当承担起这份责任。顺便一问，你们提到要去会见的那位教授名叫什么？"

"洛常恭，洛阳的洛，寻常的常，恭贺的恭。"

张衡眼中似乎迸发出光芒，将震惊与诧异糅合在一起。张衡看着眼前浑天仪发出万分感慨："虽后两字迥异，但发音却一致，实属巧合至极。看来所有事冥冥之中自有定义，这忙我便不推脱了。若时间有限，我们还是尽快出发吧。"

虽然三人不知道张衡说的"巧合"原型是谁，但看见张衡答应了自己，众人的喜悦与骄傲之情油然而生，溢于言表。在匆匆参观了张衡的住居，张衡给自己的助手们留下了出行的字条之后，几人便登上了停放在院墙外的时空梭。由于时空梭是在晚上降落，加上四周的房屋稀少，因此没有被人发现，只是在飞船起飞的时候，有人将它认成了一只大鸟。

刘源镯拿来几件物品，交给看时空梭上先进装置看得入迷的张衡："张平子大夫，这是抗压防护服，我来帮您穿上。等一下，我们会进入太空进行跃迁。这是同声传译器。到了2024年，您所说的话语和听到的不同，这会影响到双方的交流。最后这个是增强体质药。千年后的环境变化太大，您在那里可能会感到不适，所以很有必要服用。这些都是2350年代的产物，对于我们来说有些过时，但在2024年，它们都还是最先进的初步产品。"

宇宙如此浩渺，万千星辰点缀其间，发出幽幽光芒，仿佛是时间在太空这块黑幕布上的结晶。地球在张衡的视线中渐行渐远，呈现出震撼心灵的极致壮丽景象。这是他一生梦寐以求的"摘星"之旅，作为一名出色的文学家，张衡知道千言万语也描写不出这幕壮丽美景的万分之一。

时间像是被按下了快进，日月快速交替间前一刻已成为历史。硝烟没有消散过，就像是白昼黑夜的互补、潮水涨退的更替。弹指间，万幢高楼拔地起，欲与穹顶争高低，千年时光随着昨日晚霞洒下的最后一缕氤氲在世间的光辉消散，被永恒地合在了史书的上一篇。

时空梭正常行驶时就只有亮白色的短尾迹。在夜晚，它静悄悄地停到京畿市郊外的高崖上，开启了信号屏蔽器。还好，这次也没有被人发现。由于前一晚（对于他们而言），大家都熬了夜，三人告诉张衡，现在就要休息了，明天的场景会让他难忘的。张衡很久没有熬这么长时间的夜了，但他似乎没有困乏的迹象。

"先生，若是今晚不睡，看到了明日的情景，可能会晕倒的。"

张衡疑惑地依次与三人对视片刻，接着，犹豫地点了点头，靠在座椅椅背上睡去。

刘源镯的话并非没有道理。当第二天早上，张衡站在高崖上眺望京畿市时，才切身体会到这点。巍峨的高楼群矗立于大地，无边无际，楼宇之间的道路如同巨龙蜿蜒，在云端之下交错延伸。身为汉朝的天文学家、地理学家、发明家，自己却从未想象过未来世界是如此模样。蝼蚁般的人群匆匆行走在繁华的街道上，各式各样的交通工具填满城市。张衡看着这片辉煌，心中既有震撼，又有无尽的感慨。东汉的宫殿、城池在他的记忆中浮现，与眼前的摩天高楼形成鲜明对比。他想象着，如果可以将这些景象带回汉朝，那些同僚们会是何等的惊叹与不解！他远眺着这一切，内心涌起一股复杂的情感，有对时光流逝的感慨，也有对这个时代的好奇与敬畏。

张衡的嘴惊讶地张着，有那么一瞬间，他的脑袋里一片空白。前有无垠星空，后有繁华大地，两个时空的碰撞交汇出千年斑斓的画卷，何其美妙，何其壮观！

"一座华丽的大山。"张衡如是说道，"这里的人们真的还记得我吗？"

王德清在他身旁点点头，面颊上的笑容凸显出她的阳光："当然，先生。您的故事、发明和著作都被这个时代的人们知晓，大家都在称赞您呢！"

"我们也应该出发了。"郭若司看了看手腕上的微型全息计算机，说。

在城市里穿梭，张衡处处都显得小心翼翼。好在未来三人组生活的时代距现在并不算太远，语言习俗变化不大，再加上未来先进的科技，三人便能通过同声传译器将这座城市的景象转化为张衡能够理解的语言进行讲解。

张衡此时似乎也注意到什么："刘君，为何我穿成这样，这里的人们却不会感到诧异？还有，这里许多人穿着跟我相似风格的服饰，他们也是从过去来的？"

刘源镯笑着回答道："此言差矣，先生。他们还是这个时代的人，穿成像您这样，是他们表达自己的爱好，以及对中华文化的传承。"

张衡听后，脸上也挂上了笑容："那么，刘君的那个时代还有人如此传承吗？"

刘源镯的脸上笑容瞬间消失了，眼神中充满些许悲怆与伤感。

寻找洛常恭教授的行动十分顺利，充足的准备让众人没有接受安保过多的盘问便上到光明大厦 21 楼，穿过长长的走廊后，来到尽头右侧的一间办公室。

四位来者对洛常恭表达来意后，洛常恭连连摆手，表示不信，甚至想将几人赶出办公室。直到刘源镯拿出了未来科技，张衡取下了身上的玉佩，教授的表情才变得越来越震惊与夸张。

随后，未来三人组又简单地跟教授讲述了事情的来龙去脉。教授的反应与张衡看见京畿市的反应相差无几，这对于一位 60 岁的老人来说又何尝不是惊吓。七天前的那场小型会议上自己刚成立的保钥派，难道现在就要解散了？不过，经过几人的商榷，最终决定按原计划实行，邀请解钥派创始人以及全球顶级历史、科学、天体物理学家们，在一周后，京畿市科学院召开最高级别的保密会议，届时，十卷简牍数字的秘密将由张衡揭晓。

洛常恭邀请张衡来到办公室阳台，近距离观赏这座城市，自己则在后面问三人："不知道你们想过一个问题没有，你们穿越过来改变了历史，也许你们之后就会不复存在，或者说改变的只是其中一个平行宇宙的历史？"

刘源镯转头看了看两名队友："教授，我们已经做好了牺牲的准备。"

"洛常恭教授，你的名字取得很好。"阳台上的张衡赞扬道。

教授深邃而复杂的目光在两边来回移动，最终从嘴里挤出两个字："谢谢！"

六 时空会议

这七天里，学术界轰动了，说是有几个来自未来和过去的人出现在京畿市；不过，官方很快就封锁了这个消息，相关信息在泄露到公众领域之前就被从网络中抹去。

在此期间，张衡、未来三人组与委派的顶级历史科学家还有几位保卫人员去到了南阳。当飞机飞至云层上时，张衡看见了镌刻在天上的"诗篇"，诡谲壮丽的云海谱写着天空的历史，如同将人间的光阴记录在竹简和纸上。

南阳市位于河南省的西南部，是河南省最大的城市。张衡惊叹地仰望着自己家乡的高楼大厦，虽然这里赶不上京畿市的发达程度，但这些对于来自近两千年前的古人来说仍然是不可想象的。他们参观了卧龙岗、医圣祠、南阳知府衙门博物馆，喝了胡辣汤，吃了方城烩面和黄牛肉……新奇的味道跨越千年让张衡回味无穷，难以忘怀。

最后，他们来到了张衡博物馆。这里离市区较远，所以里面没什么人。进园区后的走廊墙面上刻着影响世界的古今中外科学家，两侧分别放有候风地动仪、陨石以及天体仪、浑天仪，中间是张衡的雕像，背后则是亭堂。在亭堂的右侧，未来三人组发现了一个熟悉的名字：玑衡抚辰仪。看见"玑衡"两字，三人的眉头顿时紧皱，随即加快脚步，远离这个仪器。

"我看见了我的坟墓和旁边的碑林，我很庆幸那埋在封土下的仅仅是我的肉身，而不是我的思想和发明。这七天的时光令我永生难忘，我不知道我该如何描述我看见的事物，我只知道一点：我张平子与这个时代脱节了将近两千年。"

张衡的同声传译器声响回荡在整个大会场。来自世界各地的上千名顶级人物齐聚一堂，只是会场后面没有媒体记者，而是获得特批站在后面的科学研究者，保钥派和解钥派的创始人也在其中，大家的内心都澎湃万分，脸上的激动难以遮掩，毕竟，谁也没有见过来自三个时空的人同时站在一个会台上面。

在会议主持人的引导下，配合着未来的先进科技装备演示，以刘源镯为代表的未来三人组又详细地讲述了一遍整个事件的来龙去脉。即使会议从早上持续到下午，也没有一人犯过困。三人精彩的讲述如同大海上滚滚的波涛，与会者的思绪就像行驶在海面上的帆船，时而激荡，时而平缓。人们无不瞠目结舌。有的科学家准备好了《灵宪》和《张衡诗集》想让张衡签名，甚至有的与会者想拿出手机记录下未来人的容貌与科技，只是摸到身上时才反应过来，所有的摄像设备都被收了上去。

"今天的会议内容，相信大家都要好好消化下，只是有几点需要各位注意：在座的与会人员均签署了会议保密协议，所以诸位这几天的手机、相机等电子设备均由我方保管。这几天，任何人不得离开会议中心。除在会议中心内，任何人不得与他人讨论会议任何内容和所见所闻。一经发现，严惩不贷！明天，将由张衡先生为大家解密十卷简牍上数字。敬请各位聆听历史的声音！"主持人站在台上郑重宣布道。

这一晚注定是个难眠的夜晚，不知道以后的历史书上会怎样记录这场会议，或许这场会议根本不会被写在历史书上，但它绝对会成为每位与会者记忆里最深刻的烙印。这一晚的会议中心成为最热闹的存在，中外科学家都在热烈地讨论、发表着自己的见解。这一晚是人类历史的狂欢，而保钥派和解钥派的两位创始人似乎不在他们之中。

这次站在台上的只有张衡和主持人了，主持人负责协助张衡操作。台上有一个按照张衡要求改进后约有两个人高的浑天仪，另一张桌子上放着那十卷简牍，这也是大家首次看见简牍的真身。张衡口中念念有词，然后拿起第一卷简牍，走到浑天仪旁边。

"延光二年，我在洛阳做太史令时认识了一位来自外国的使节，他的手里拿着一本用羊皮纸写成的古文明史记。在他的逐句翻译下，我接触到了那些神秘的文明。后来，我抄录了其中涉及当时星空分布的字句，在我改进后的浑天仪上进行了试验；之后，就用简牍将结果记录下来，放在箱子中，送给了他。我改进的浑天仪与我刚到这里时看到的不一样，首版就像是我面前的这台一样复杂，我改进后的浑天仪可能并没有流传下来吧。"

接着，张衡就开始在浑天仪上解密起来。他说了几个数之后，就开始调整浑天仪的地平环和子午环等部件。驱动浑天仪运转的水流就用电机代替。张衡在调整过程中念了很多自己写的诗。未来的同声传译非常先进，在会议开始之前，为了方便国际科学研究者倾听理解，三人给它调整成了直译模式，即系统识别的古文全部以白话文的形式呈现。

浑天仪开始运转，如同一个缩小版的地球在快速地旋转着，周围的各个环圈也在不停翻飞。中外科学家无不震撼感叹。像是墨家的机关术，又像是科幻片里的飞船，强大的中华文化又一次出现在国际舞台上。三分钟后，浑天仪停下来。张衡走到窥管前，向里面望去。这时的与会者们才发现，头顶的天花板上全是投影出的密密麻麻的星星，窥管指向的那颗星星由白色变成了蓝色。梦幻的气氛将人们包围，大家无不佩服眼前的古人的学识以及会议方的设计。

随后，第二颗星星在浑天仪窥管的指示下也变成了蓝色。直到四颗星星与四个被当作质点的星系变了颜色，随后，最远的两点两两相连，中间刚好交过同一个点，那个点变成了红色。这个红点的位置就是当年亚特兰蒂斯文明的位置，会场模拟的星空就是当年星星所在的位置。

正当大家惊叹于张衡这宏伟的记录时，主持人忽然询问道："当年，您将箱子送给了那位外国使节，为何箱子会在河北省河间市那么深的地下被挖掘出来呢？"

"他下一站去的就是河间国，但那时的他已经患上了绝症。临死之前，他委托人在河间国的某处将箱子埋了起来。当时埋得可能并不深，这么多年过去了，土地的沉积作用就把箱子压下去了。这些都是在他去世半年后，我那些出差的助手告诉我的。"

当众人听到张衡的传译器里出现"沉积作用"这几个字时，直接怔在座位上，丝毫没有动弹。此时，大家才明白，眼前这位古人的思想或许不仅不落后，反而可能领先于现代人许多。

三天的时间，张衡就将人类动员百亿人耗资无数破译了300多年都还未完成的十卷简牍全部解密，这里面包括了十个古代文明和十个人类从未发现的新元素的位置坐标。这些新元素受这些文明的影响较大，但几乎都是在这些文明消失前就找不到踪迹了。

来自全球各地的精英们的三观彻底被刷新，整个世界似乎都在顷刻间天翻地覆。

张衡的解密结束了，但台下并没有响起掌声，所有人似乎连呼吸都停止了。接着，张衡做了一个令众人吃惊的举动：他把自己的同声传译器摘了下来，用东汉时期的河南腔进行演讲。

"情性万殊，旁通感薄，自然相生莫之能纪，于是人之精者作圣实始纪纲而经纬之。我来自一千八百多年前的南阳，幸见今日世界之繁华，可三百多年后的满目疮痍又何其悲哀。我知晓在未来有两个派别因这十卷简牍而相互树敌。更有甚者，将我尊为神明，崇尚我无所不知。实属荒谬至极。我平生淡泊名利，惟为科学真理，十足厌恶此类荒唐之事！"

"永建五年，我方复太史令之职。对于诸君而言，此为千年前之事，对于我而言，言则仅三周前耳。君子不患位之不尊，而患德之不崇；不耻禄之不夥，而耻智之不博。我很荣幸，目睹尔等现在的制度之完善，不同于我生活之时代，代外戚和宦官势力渐增，皇权衰弱，社风大损；然则，我独又为主持全国天象观测之太史令，必须面对此局，我不为介意后人如何看待我，好或不好，于我来说如同游云，我唯循顺应天道之事。三周前，我还在被'休沐'于家中，却未曾想过此行将带我引入这极乐之地。我不欲后者不复见此瑰丽之景象！"

"凡至大莫如天，至厚莫若地。天以顺动，地以灵静。天地相辅而成，它们从来就不可分离，万事万物皆是如此。故两派别之创始者，诸君不可用'保'与'解'来规则'停'与'跑'，世界所需的是'行走'。诸君知晓浑天仪为何人发明创造？是落下阂也，而我仅仅是改进了它。浑天仪需要慢慢改进，宇宙星辰亦在慢慢运行，万事方才是和谐之模样。"

"我非圣贤，亦无圣贤之愿，我只愿将来继续尽做本分。感谢诸君使我触及星辰，让我目睹辉煌的世界。我知晓后世诸君未忘记我的思想和发明，此事令我感激不尽。斯言尽矣，让我等共同铸造安宁和谐之境，不可停止亦不可激进，纵使凡世上仍有黑夜遮蔽万物，然则我深信朝阳必定会自东方之地平线上升起，黑夜亦终将被驱散！"

在会议的结尾，主持人临时做了个原计划当中没有的决定：邀请保钥派和解钥派的两位创始人上台讲话。这一决定让在场的所有与会者包括会议举办方的人员都震惊了。当两位创始人共同站在台上时，下面顿时鸦雀无声，安静得仿佛只能听到人们的心跳声。

解钥派创始人看着面前桌子上叠放的厚厚的资料，又看了眼旁边桌上摆放的十卷简牍，最后将目光落在身边这位年龄几乎是自己两倍的老人身上，他陷入了深深的沉思。

"那是个很发达的未来，但我不想要那种未来。"

洛常恭点点头，抬头仰望着会场天花板投影出来的星空。

"宇之表无极，宙之端无穷。人类的欲望是无限的，但我们始终只是这不可测知的宇宙里的一粒小小的尘埃、一只小小的蚂蚁罢了，又何必相互大动干戈呢？"

两人同时笑起来，随后紧紧拥抱在一起。台下的众人在此刻也爆发出热烈的掌声和欢呼声。

刘源镯看见身旁的国际法律工作人员已经拟好相关法律的草稿，厚度足足有近两寸。相信在不久的将来，相关法律就可以实施了，彼时应该就不会有人再去夺取那些古代超级文明遗迹的东西，未来的人们再也不会因为派别不同而互相攻击了。

保钥派和解钥派在这一刻也不复存在了。

七　新的征途

走出会议中心，刘源镯停下脚步，闭上双眼，十指相扣放在后脑勺上，神情自若地把脑袋用力向后仰。身旁的郭若司和王德清都对他的行为感到十分不解。

"老刘，我知道这几天你很累，但你要睡觉别在大街上睡啊。"郭若司拍了拍他的左肩。

"就是，现在首领应该能活着了，我们还要回去给首领汇报工作呢……好像已经没有保钥派了。"王德清忽然间伤感起来，一时间，气氛显得非常尴尬。

刘源镯睁开了眼睛，看着蔚蓝的天空："我们没有消失。照理来说，我们改变了过去，我们就会不复存在，不知道我们是失败了，还是只是改变了平行时空的过去。"

郭若司白了一眼他："我说老刘啊，怎么这事办成了，你就开始想着终点站了？活着才是硬道理啊！不管什么时不时空的，估计等会儿我们还要把张平子先生送回去呢。"

果然，戴着同声传译器的张衡找到了三人，他表示自己还是要回去做好他的本职工作，虽然现代繁华的城市让人流连忘返，但他还是要回去填补自己在历史上的缺位。

在几名特殊保镖的护送下，四人微笑着向大家挥手致谢，随后登上时空梭，返回东汉。

还是那天夜晚，张衡第一次遇见来自未来三人组的那晚。星辉洒遍南阳的大地，而张衡在南阳的土地上同样映衬着历史的天空。看着偌大的张衡家，三人再次感叹张衡作出的贡献，那些流传下来、历经过岁月洗礼的古物此时在他的家里看起来却是崭新的。

"时空梭剩余的动力能源不够回 2350 年了，各位，我们怎么办？"郭若司的一句话让两名队友陷入沉思，没有足够的动力能源，就意味着三人就要永远困在这里了。

他们现在的内心被苦楚占领，队长刘源镯知道，时空梭在解钥派的设计之初，它的能源仅仅只能来回东汉一次。如今，时空梭的能源已然消耗过量，在这个时代出问题简直不敢想象。

"诸君，看，那就是之前我看见的异象！果然，今晚，它又出现了。我没有白白等待！"张衡站在浑天仪旁，右手指着南天极的一隅，激动地说道。

三人顺着他的指向看去，的确看见了隐匿在星空深处不完美的圆弧。

"那就是虫洞！我想我们有办法了。"王德清的话让大家想起了首次跃迁时遭遇的虫洞。

"既然我们来时遇到了虫洞，现在又看见了它，还是在我们最需要帮助的时候。若司、德清，"刘源镯看着两名队友，眼神里充满了坚定，"我们现在只能穿过去赌一把了。如果成功，我们就能回家了；如果失败，我们就算奉献出了自己的一生。身为曾经的保钥派，大家都同意这个想法吗？"

两人毫不犹豫地点点头。

张衡对即将登船的三人说道："我对诸君的感谢无以言表，感谢诸君让我看见、经历这些匪夷所思的事件。诸君若是看中了我家中的东西，拿去便是。"

三人连忙摆摆手摇了摇头。

"唉，那平子只能以言相赠了。祝愿诸君一路平安、万事顺遂！在新的征途中也不要忘记天道。能与诸君为友共事，是我张平子一生的荣幸。"说罢，张衡摘下了同声传译器返还。

回到庭院里，张衡仰望着时空梭升空。它越来越小，尾部的七个洞口迸发出来的强光威力却丝毫没有减弱。张衡知道三人要驾驶它穿过那个叫"虫洞"的异象，虽不知他们能否成功返回未来，但张衡确信这次的经历不会让任何人后悔。

时空梭变成了星星，一颗挂在历史星空中的星星。望着它，看着它与万千繁星融为一体，张衡的眼中噙满了泪水，不知怎么的，很久没体会过这种感觉了。

忽然间，他的身旁似乎传来了数数的声音。张衡转头看去，却看见了儿时的自己。幼小的张衡伸出稚嫩的右手指着漫天的繁星，身旁还有位慈祥的老者满脸宠爱地看着他。

"奶奶，快看，天上好多星星啊！一颗、两颗、三颗、四颗、五颗……我要全部数完。真希望有一天能飞到天上，去看看它们真正的模样。到时候，我也想拥有一颗属于我自己的星星！"

作者简介

李京谚，男，四川航天职业技术学院飞行器制造系本科生。四川省科普作家协会会员。爱好看电影、制作视频、写作和登山。第十四届、十五届华语科幻星云奖志愿者。小说作品有《光环之殇》《光明永不坠落》《浑天密钥》等；视频作品有《海洋污染对人类的影响》《〈流浪地球〉解读》系列等；科普文有《中国高铁的发展历程》《飓风和台风的区别》《关于黑洞的一些冷知识》等。科普视频《海洋污染对人类的影响》获得2023年度"科普中国青年之星创作大赛优秀作品"；小说《诞生》获得第二届"星痕杯"主赛道征文三等奖；短文《印蜕》获得第五届"新浪潮杯"青年文学写作大赛三等奖；短篇小说《浑天密钥》获得第十五届全球华语科幻星云奖"青少年科幻征文大赛大学组优秀作品"。

不止敦煌

段孟禹

一

"师父！"

"师父……"

声音传播出去，像荡开的涟漪，撞在坑坑洼洼的洞壁上，环绕一圈之后又回到原处，证明这里除了他再没有别人。

他坐起身来，揉开惺忪的睡眼，伸手摸了摸周边，确认了师父并不在身旁。他估摸着时间，大致天已破晓，可洞内终年昏暗，只在点灯时分，方可窥得些许明亮之光。

他叹了一口气，转身去摸师父昨夜吹灭的油灯。师父向来节俭，除非平日里作画，否则，在窟里生活都是能省则省。

他探手摸索半天，好一会儿才寻得火折子，把攥在手里的油灯小心翼翼地点着，然后，起身，猫着腰慢慢踱步。他把油灯尽量放低一点儿，让跳跃的火光能够照到地面的模样。

洞是石匠师傅前不久才拓出来的，地面和墙壁尚未修整，起起伏伏，坑洼不平，一不小心就会被绊倒。他们师徒二人搬到此处，正是因为新洞更加宽敞一些。师父年事已高，操劳大半生，数病缠身，以前居住的洞里狭小逼仄，又与许多西域画匠混住，习俗不同，生活颇为不便。师父在夜里睡眠不好，常常被那些人的鼾声搅醒，于是，在新洞刚刚拓开、还未修葺好的时候，他就带师父搬到此处。

这里是北窟，是画工日常居住的地方，也有不少远道而来的僧人在这里修行。还有一些洞窟是瘗窟，用来埋葬修行僧人的遗骸。他记得小时候刚来这里时，被某些洞窟的荧荧蓝火吓得不轻。后来，一位到此修行的高僧向他解释了"圆寂乃是圆满诸德、寂灭诸恶"等许多理念，才让他渐渐地不再害怕。

一晃，十多年就过去了。

他对这里早已了如指掌，北窟生活，南窟作画。闲暇之时，师父会带他去鸣沙山和月牙泉，也去那些集市，见识那些异域风情。日子虽苦，却也有滋有味。

只是师父年纪大了，身体每况愈下。他劝师父好好休息几天，可师父越是气喘咳嗽，越要挣扎着去工作。前几天给师父抓的药还没有喝完，他心里挂念着师父，所以，一睁眼便去寻。

他当然知道师父在哪儿，也知道师父去做什么。

师父在这里居住半生，画技出神入化。不管是中原画匠还是西域画匠都对师父十分推崇，师父自然被争相雇佣。最近的一次是半个月之前，一位中原来的权贵花高价聘请师父，为开拓好的佛像石窟作壁画，让整个洞窟看起来更加辉煌磅礴。

相比较前些年，如今的作画步骤更加繁缛绵密。随着代代更迭，不管是雇主还是画工，对画作的要求都更加严格。不同于之前用毛笔红土子直接在壁面勾稿的法子，如今必须勾出精致的底稿，然后，才能落墨着色。

前不久，他才完全掌握了"一朽，二落，三成管"。这是业内的行话，也就是起稿、勾线和着色。摊活儿开始时，先用木朽子直接在壁面上起稿，另一手持手帕，边画边改。画师根据想象把人物和故事一幕幕展开，摊完后稍作修改，然后就可以落墨了。

他幼时就跟着师父学习壁画手艺，小时候最喜欢看的就是师父用木朽子摊活儿，尤其是师父喝些酒后，更是神采飞扬，一举一动都有宗师风范，让年幼的他常常联想起江湖上那些潇洒无比的剑道侠客。师父手持碳条，手法大开大合，豪情万丈，寥寥几笔就画出大致轮廓，形神兼备，仿佛模模糊糊之间，墙里的人物就会走出来一样。

只要是师父来摊活儿，落墨时便几乎不用修改。

勾好墨线之后，就要开始着色。成活儿颇为复杂，首先要由主稿画师规定整个墙面的构图布局和色调。这个过程十分重要，色调决定着整幅画的气氛和效果。定好之后，再将颜料代号标注到墨线人物的各个部位，最后上色，壁画才算大功告成。

他做梦都在重复着这些步骤。他幼时便打下手，如今终于熟稔，不为哪天能独当一面，只为能帮师父多分担一些。

作画的墙壁是三天前刷好的，师父连如何刷墙也一并教给了他。先抹粗泥，加入麻刀，再抹细泥，用抹子抹平为止；然后，还要刷一层白浆，白浆就是白垩土加生豆浆，用排笔匀称地刷在墙面上；最后，再刷一层矾水，让壁面更加坚实。至此，制作墙壁的工序才算完成。

师父一定是去检查墙壁的干燥程度了。等墙壁完全干燥，才能开始作画。可为什么不能等到天亮再去？

他一边疑惑，一边驱赶着睡意，加快了脚步往南窟赶去。

师父今早的药还没喝，他心里惦记着。

出了洞窟，才刚刚破晓，天边只有一片淡淡的鱼肚白和还没下山的月亮。

他匆匆忙忙地跑进作画的洞窟，洞内依然昏暗。他正纳闷儿师父到底在不在窟里，在窟里为何不点起灯。他刚点上灯，就看到了师父的身影。

师父斜靠在墙壁上，一副疲惫的样子，似乎是睡着了。油灯的灯芯已经燃尽，倒在了脚下，旁边是一只小颜料碗、一支画笔，还散落着一些木朽子。

他看着师父，心里泛起一阵酸楚和心疼。

他放下油灯，想把师父揽过来，远离那堵夜里寒气袭人的墙壁，可在接触到师父身体的那一刹那，他的心里却猛地咯噔一下。

他小时候常牵着的温暖大手，现在竟然有一丝凉意，像是在触摸一件离他很遥远的事物。

他又摇摇师父的胳膊，有些僵硬。

一股不祥的预感蔓延开来，像一盆冷水从头到脚将他淋得湿透。他打了一个冷战，像疯了一样剧烈摇晃着师父，想要把师父唤醒。

师父！

你醒醒啊，师父！

他无比相信师父只是太累了，睡得太沉，可话音里分明已经带着哭腔。

他极力遏制着那个想法，残存着最后一丝希望，用颤抖到不能控制的手指去探师父的脉搏。

许久之后。

他紧紧地抱着师父，就像年幼的他在夜里哭闹的时候，师父抱着他那样。

他觉得这样，就能把师父的最后一丝温暖留住。

这天，莫高窟宁静晴朗的黎明被一声哭喊划破。

听那声音，仿佛要渗出血来。

二

嘉峪关。

关外黄沙漫天，关内横尸遍野。

一个老头儿牵着一匹矮小羸弱的劣马，马上坐着一个孩子。

一老一小的衣袍俱是破烂不堪，被关外的风沙一吹，破烂的衣物像旗帜一般猎猎作响，滑稽至极。

唯一完好的物件就是老人背着的行囊。老头儿故作玄虚，不让孩子乱碰乱看，说那是用来吃饭保命的家伙什物。孩子嘴上应承着，可背地里顽皮的他早就把老头儿的宝贝翻了个底朝天，哪有什么宝贝，就是一些粉本、墨盒和画笔这类玩意儿，一点儿都不好玩。

风沙太大的时候，老头儿就把孩子抱下马来，紧紧地拉着孩子的手，让他躲在自己身后。

马的身上拴着一个铃铛。风沙最大时，孩子当然会害怕，可有了那一只温暖的手和耳边叮当作响的铃铛，即使被沙子迷得睁不开眼睛，心里也觉得无比安定。

他对于小时候的记忆并没有很多，可这一幕却像烙在了脑子里一样。

他是被师父从战乱的马蹄下救起来的。

中原终年战火连绵，他被爹娘带着要逃出关内，可临近关口，却被一队蛮横的骑兵冲散。逃荒的队伍又何其杂乱，那一瞬间便是他和爹娘的最后一面。小小的他站在道路中间，手足无措，只知哭喊。官兵视百姓生命如草芥，而幼小的他哪里能避开那高高扬起的马蹄，可不知道从哪里钻出一个如乞丐般的老头儿，一把把他从铁骑的鬼门关下拉了回来。

老头儿豁了好几颗牙，说话还漏风，却天天都乐呵呵的，再大的事儿都没有每天中午吃什么小菜、每天晚上喝什么小酒重要。他自己说过，他曾经是个官宦子弟，可惜后来战乱迭起，家道中落，才流落到江湖之中，跟着一位老师傅学了一门吃饭的手艺，也不知道是吹牛还是真的。可老头儿的见识却当真不是虚的，谈起老庄孔孟来都头头是道，和西行远来的高僧也能探讨一二，还真有一点儿世家子弟的风范。

老头儿让他叫自己师父，教他识字，教他作画，教他怎么辨别人心，教他闯荡江湖的诀窍和法门。从他和师父相依为命的那一刻起，师父早已把他当作了自己的儿子。

他坐在师父的坟前，从早晨一直坐到了傍晚，就想着以前的事情，把师父的点点滴滴都穿成了一根线。

师父是其他画匠朋友帮着一起安葬的，就葬在了鸣沙山的山脚下。老头儿以前常常自嘲说，生无可与语，死以青蝇为吊客，就把自己埋到这儿就好。老头儿最爱的风景就是这里，直到后来身体不好，来的次数慢慢地屈指可数。

可现在，鸣沙山能永远陪着老头儿了。

他努力了好几次，终于站了起来。他很早就知道，尽管被师父保护得很好，但终归要有独自面对一切的那一天。现在，这一天终于到来了，他要让自己坚韧起来，就像大漠石头缝里的野草一样。雇主的壁画还未完成，他要让师父的在天之灵看到，即使是他一个人作画，也不会耽误工期。毕竟，他是师父唯一的衣钵传承。

但他依旧不愿意承认，一个昨天还笑话他怕黑的老头儿，怎么说没就没了。

甚至没给他留下一句话。

可他转念一想，嘴角泛起一丝苦笑。凭老头儿的潇洒性子，多半会觉得矫情，没留下些什么"遗言"也在情理之中。

当他回到作画的窟内，重新审视着这面墙壁时，他惊讶地发现，那天，师父不仅是来检查墙壁的干燥程度，师父甚至一个人把一面墙都起了稿，还勾好了大部分主要部位的墨线。

他捏紧了画笔，鼻尖很酸。

师父不是什么都没给他留下，师父留下了自己的绝笔，把最重要也是最关键的定色留给了他。就像教会了他作画，但以后的人生道路还得他一个人去闯荡一样。

他想象不到师父是怎么在油尽灯枯的状态下完成的，也不知道师父在临终时心里在想些什么，可能老头儿会想，真是便宜这小子了，又少干了这么多活儿。

墙壁前的他，又哭又笑。

墙上是一位飞天。

线条饱满，翩若惊鸿。

尽管还没上色，只勾勒出了线条，但依然能看出那升腾中的优美姿态。线条只赋予了她灵魂，色彩才能够描绘生命。看师父的笔势走向，大致是手捧鲜花、巾带舒卷的一位飞天神像。

还没有上色的画有一种简单纯粹的美感。

他蓦地想起小时候天天缠着师父问些奇怪问题，他惊叹于墙壁上那五彩斑斓、光怪陆离的世界，于是问师父是否真的见过画里的画面。

老头儿很认真地想了想，然后又很坚定地摇了摇头。

他记得他大失所望，明明没见过，无根无据，又怎么能画得出来？

老头儿见他不满，一画笔敲在他脑袋上，说道："这画上都是天人神仙，都是在云彩上面住着的。你师父我如何见得？除非得老夫长出翅膀来。这么一大把年纪，要长出翅膀属实有点儿为难老夫。你岁数小，你没准儿能长出来，飞上天去看看。"

老头儿见他又是一脸无奈，嘿嘿一笑，接着，又正色道："再说了，究天人之际，其乐无穷。没见过，就不能想了吗？遂古之初，谁传道之？上下未形，何由考之？不都得自己想吗？庄周非得见过鲲鹏，才能说犹有所待者也？作画亦是如此。你心里觉得他是什么样，他就是什么样。心如工画师，能画诸世间，只要敢想，就可能有，万一哪天真见着了，岂不更是妙哉？"

当时的他似懂非懂。

可现在，懂事了的他反倒想长出一双翅膀，去天上看看那老头儿。

他收回飘忽的思绪，仔细完善了定稿的线条。他在留白处添加了很多花瓣，天花流云，权当为那个潇洒的老头儿撒下的。

出了洞窟，穹顶之上，星辰满天。

夜色凉如水。

从很小的时候开始，每逢晴朗夜空，师父就带他辨认天上的璀璨星辰。师父说"地有九州，天有九野"，然后，他便依次熟知了"三垣、四象、五行、二十八宿"。星星各自都有方向，而此时的他却没了方向。

师父离他而去，他不知道该何去何从了。

举目无亲，是该继续留在这里，还是从此离开敦煌？

他抓起一把地上的沙砾，任由它们从指缝间滑落。师父教他画前刷墙时就说过，敦煌是在砾岩上开凿石窟，钉木橛法不适用，只能在石壁上直接抹泥，然后再刷白垩；但是，师父还是一并教了他钉木橛的办法。他当时不解，既然在这里用不着，为什么还要学？

老头儿说："关外终究是苦寒之地，等战乱平息，你回中原去，这法子自然用得上。"

他问道，那师父你会和我一起回中原吗？

老头儿摇头晃脑道："老夫唯有醒来明月与醉后清风相伴，便已心满意足。在这里安心作画，此生已是太平人。指穷于为薪，火传也，不知其尽也，一代人有一代人的责任。你不想留在这儿，就不留，做自己想做的事情就好；不过，切记啊，别把老夫的看家本事给传丢了就成。"

"老夫当初是想，等到世道太平了，让你去考取些功名，可年岁渐长，越来越觉得与其功名半纸却颓唐一生，哪里比得上闲云野鹤度日。且不说眼下战乱仍未平息，就算读书读到出头之日，也难以享受这一朝风月，人生贵得适意尔，何能羁宦数千里以要名爵！"

想到这儿，他愣了愣神儿。

师父不是什么话都没给他留下，师父其实给他留了很多话，就在那朝夕相处之中，足够他受益一生。

再也见不到那青灯夜雨和秋风霜鬓，还有何事继尘羁？

他已经没了牵挂，画完这幅，就回中原。

三

银河系第一悬臂。

卡利纳星云伊塔星。距离地球 7500 光年。

此时此刻，这里正在经历一场纪元灾难，一场史无前例的大爆炸，标志着伊塔星彻底地从主序星末期阶段结束，开始向超巨星进化。

是从中年到老年、老年到毁灭的过程。

像是在寂静无边的混沌黑暗中，划着了一根火柴，然后，用这点微弱的火光引燃了一颗上亿吨的炸弹。只不过，伊塔星的这次爆发还要比上亿吨炸弹更为夸张一些，那一点儿星星之火在顷刻间便爆发出无比耀眼的光芒，而光芒的暴涨程度似乎无穷无尽，好像有把整个星系都吞没了的迹象。

一直到了某处看不见的边缘才停了下来。

爆炸的光芒遮盖住了伊塔星内部的真实情景。

伊塔星本来是三颗恒星的星系，其中，阿尔法星的质量最大，年龄也最大，它体内氢核聚变的燃料消耗殆尽之后，就再也无法抵挡自身的引力塌缩，像是一个泄了气的皮球。于是，它的整体便向内挤压，当压力到达它不能承受的临界点时，它的重核聚变就拉开了帷幕。

泄了气的皮球仿佛又被注入了一股强大到无法承受的"气体"，这股"气体"自然便是它自身热核反应产生的能量，远远超出了它自己的承受能力，让这颗恒星不堪重负，最终膨胀成为其成年期的近百倍。

而与它距离较近、相伴而行的伴星，在万有引力的作用下，开始慢慢吸收膨胀阿尔法星散发的物质。在经历漫长的一段岁月后，阿尔法星仿佛一个视死如归的临终之人，慷慨地将自己所有的外层氢气赠送给陪伴自己多年的伴星之后，只剩下一颗氦的内核，像是一颗孤勇的心脏。

于是，这最后的氦行星便搭乘着环绕伴星的惯性，毅然决然地冲出伴星的引力范围，向着浩渺的宇宙流浪而去，选择在旅途中结束自己的生命。

阿尔法星和伴星的重量交换，直接导致了第三颗恒星——贝塔星的轨迹紊乱。它受引力牵引，便绕着没有规律的弧圈靠拢过来，径直朝着刚刚长大不久的伴星撞来。

这便是这次爆炸的前因后果。

整个银河系的光芒都因为这次大爆炸而稍显黯淡。伊塔星的亮度在那一瞬间突变为高光度蓝变星，一跃成为整个银河系最耀眼夺目的存在，远在千万光年外都可以很清楚地看到。

仿佛在银河系放了一个巨大无比的烟花，照亮了这个昏暗的宇宙。

爆炸产生的冲击波向外荡漾而去，双星爆炸产生的物质以高达十分之一的光速迅速向周围扩散，并向周围的星际尘埃辐射激波。两颗炽热的恒星彼此碰撞，绽放出令人目眩的光芒。

很久之后。

双星爆发的光芒稍稍黯淡下去一些后，卡利纳星云的背景板上赫然出现了一个巨大的纺锤状光球，那是两颗恒星在碰撞过后的交融。远远望去，便是一个炙热耀眼的中央区域里，有两个球状的突出部分，交杂着一些奇怪的辐射状条纹，像是宇宙中一个散发着光芒的哑铃。哑铃的两端充盈着气体和密集的星际尘埃，不停地吸吮着来自中央区域的蓝光和紫外光，让这个巨大的光球由内到外有着渐变色的美感，在卡利纳舞台上进行着自己独特的烟火秀。

在爆炸形成的两级气泡左下叶外侧的蓝色区域中，当恒星自身的光线刺破尘埃团块形成的气泡表面时，便形成了一片闪耀的光带。无论紫外线照射到密集尘埃上的何处，它都会留下一个细长的阴影，从尘埃气泡一直延伸到外围的气体中。

过不了多久，这个纺锤状的光球就会结合成为一个完整的球体恒星——海山二。

即使这颗恒星刚刚诞生，也仍然无法阻止它在短暂绚烂后的凋零，像是宇宙中的一朵昙花。

伊塔星本身的寿命就即将结束，经历了这场爆发，它的亮度甚至已经超过了爱丁顿光度的限制，外部的辐射压力几乎强到可以抵消重力。如果伊塔星的质量超出爱丁顿光度的限制；那么，它的重力仅能勉强约束住辐射和气体，在不久之后，它就会彻底变成超新星。

然后，爆发。

毁灭。

变成中子星，还是黑洞？

没人知道。

在伊塔星系的最边缘处，运行着一颗围绕伊塔恒星公转的行星。

由于伊塔三星的紊乱变动引发了爆炸，导致整个星系陷入了一场动乱。在不明就里的情况下，一颗游荡在宇宙中的无名小行星莫名其妙地卷入了这场灾难，然后，被撕成了碎片，有一部分便向着这颗边缘行星浩浩荡荡地砸去，形成了一片不小的陨石雨。

这些小陨石在宇宙中连尘埃都算不上，它们制造出的灾难，在刚刚经历过爆发的伊塔星看来，都不好意思称其为灾难；但这次的陨石雨，几乎令这颗行星上的文明陷入瘫痪。

是的，这里存在生命。

而这次的陨石袭击只能算是一个小小的开始。

此时的海山二宛如一个定时炸弹，随时都有可能爆炸。一旦发生超新星爆炸，这个星系的所有都将不复存在，一切都会恢复成最初的样子。

这颗母星正对袭击的那一面，承担了所有的陨石伤害。地面上遍布着大大小小的陨石坑，只要是被波及的地方，伊塔星人的基建没有一处能够抵挡这强大的冲击力，武器系统都没来得及阻止，最终全都成为一片灰尘弥漫的废墟。

地面上的公民早已转入地下庇护所，并没有伤亡。他们在双星碰撞前就计算出了这场灾难，所幸准备及时。

上校搭乘应急电梯来到地面，凝望着无边无际的断壁残垣。地下避难的公民并没有亲眼看到他们头顶那猩红的天空，只知道天空这样已经数个月。这样的情况可能还会持续几个月、几年，甚至更久。一切都要看伊塔星的稳定情况，之前，三星系统存在时，伊塔星人可以在一天之内看到五六次恒星的升落，也算是一道令人称奇的景观；可如今，只能期盼双星合并之后能稍稍收敛一点儿光芒；否则，等待空中灰尘完全沉降下来时，这颗星球将要承受海山二暴虐的暴晒和辐射。

终究还是晚了一步。

上校心里想。

四

在伊塔星人的应急预案里，首要任务并不是搭建逃生方舱，而是要赶在三星紊乱、双星碰撞之前，用伊塔星或者其他距离较近恒星的能量打开多个虫洞，用最高效的方式完成星际跃迁，并依靠他们庞大的星际舰队对银河系悬臂的主序星开展地毯式搜索，搜寻宜居星球或者向系外文明寻求帮助。

可眼下……

沉闷压抑的天空仿佛是上校情绪的倒影。

他们的计划还是没有赶上宇宙间的瞬息万变，就在虫洞的算法模型已经被证明出来的前不久，宇宙仿佛和这颗努力的行星开了个玩笑，让两颗恒星忽然相撞，继而引发了陨石降落——就在他们突破二级文明、向三级文明跨越的前夕。

至于之后还有什么飞来横祸，谁也无法预估，只能尽可能地去观测和计算。

这场爆炸给伊塔星人带来的灾难不仅仅是母星基建的摧毁，还有海山二附近用来汲取能量的戴森云，也在这次波动中被摧毁大半，同时，在其他近地行星值班工作的舰艇也有不同程度的损坏，都需要急修，为系间跃迁做准备。爆炸引发的电磁风暴也让星球间的通讯矩阵受损严重，附近的小行星已经好几天失去了联系。

上校轻轻地叹了一口气，他们的时间真的不多了，最高级别行政长官一催再催，特别是在陨石降落之后，他和下属夜以继日，已经很久没有休息了。

对手下士官做了地面修复部署后，上校转身离开。回到应急电梯里时，技术部门打来电话，上校面前的电梯门褪去银白色，变得光洁如水面，然后便全息投影出了中尉的周身环境。等电话完全接通后，投影的另一边传来了中尉的声音："报告长官，太空虫洞模型已经完成演算 300 亿次，绝对误差缩小已经缩小至千万分之一级别，目前正在准备进行实地演练。"

中尉的声音疲惫不堪，却夹杂着难以掩饰的欣喜。

上校的心里也稍稍轻松了一些，低声说道："好，我马上过去。"

实验基地选取在距离母星 13 光年的位置，经过精密的重复计算和危险预估，这里可以规避 90% 以上的太空风险，但窗口期很短暂，需要尽快完成实验。

等上校赶到时，幸存的舰队早已集结成方阵，簇拥着一艘实验船。

舰队需要辅助实验船向海山二边缘星系的一颗小恒星汲取能量，将吸收的能量依照修订了无数次的算法转化为负能量。只要负能量产生了负曲率，就可以打开虫洞；然后，用能量的多少控制目的地的远近；最后，将实验船送进去。

上校在主舰甲板上发出开始指令。他脚下的黑色甲板开始慢慢隐去，变得透明，仿佛和宇宙连为一体。周身的船舱也开始渐渐消失，然后，彻底地融入这片宇宙。上校和他的下属就好似直接站立在一处虚无的空间里，远处大大小小的紫红色星云包裹着他们，时不时地有一两颗流星拖着长长的尾巴游弋而去。

他们的第一个虫洞门打开了。

但是，肉眼根本无法分辨，只知道限度以内的负能量已经全部消耗完毕。

门，的确是打开了。

所有成员此刻都保持着令人压抑的安静，安静到仿佛他们自己也变成了宇宙中的一粒尘埃。

远处的空间出现了一个看不见的、工整的正方形，像是有谁用手术刀整整齐齐地在宇宙这块幕布上划出四道边缘，每一道边缘的长度大约是 700 千米。正方形里面的星辰都不再散发出光芒时，这个正方形彻底地变成墨黑色，直到这时，才能用眼睛看见巨大的方形轮廓。那黑色黑得无比深邃，再强烈的光芒照进去也毫无反应，像是一扇沉默的窗户。

这面不会反光的大镜子就这样矗立在舰队的面前，舰艇在它面前很小，宛如蝼蚁。

黑色正方形静默了一会儿，一个球形物质显现了出来，由于二者的相互运动，分不清是球体从正方形里出来，还是正方形从球体中退出去。

由于虫洞扭曲周围的光线而产生引力透镜，球体晶亮而透明，闪烁着星系的灿烂光芒，让它和身后的黑色镜子形成了极端的对比。仿佛是一个用圆规画出来的肥皂泡，里面装着一部分宇宙。

而透明球体里的世界和正方形后面的并不一样，显而易见，那正是200光年以外的目的地。

实验船启动，慢慢滑向球体。

像一尾鱼游进一摊睡着的水里，悄无声息。

只是这摊水没有表面张力，也没有荡起任何涟漪，默默地把飞船吞了进去。置身其外，只能看到飞船一截一截地消失，明明是透明的球体，飞船却仿佛掉进了一片虚无之中。

等飞船完全没入球体，球体和正方形随即消失不见，几乎是同时，上校面前的晶体面板传来声音："报告长官，S11702已安全到达目的地，偏移率为零，飞船一切正常！"

上校只听到耳边轰的一声，那是所有成员同时在欢呼雀跃。只有上校依旧冷峻，他的心里虽然闪过一丝欣慰，可随之而来的是更大的压力。他知道他们的文明已经正式迈入三级文明，可即便如此，在宇宙级别的灾难面前还是显得脆弱不堪，他们依然无法正面抵挡海山二爆发带来的伤害。

只能启动系外搜寻计划。

可真的能找到吗？

他的心里也没底，但不得不做。

实验接连进行了三次，全部成功，没有任何纰漏。上校最担心的虫洞潮汐力并没有对飞船造成挤压，所有的计算恰到好处。

上校用最快的速度向议会提交了议案，议会自然没有异议。议会成员同时督促加快修缮损坏的飞船，为接下来的大规模星际跃迁做准备。

这次跃迁，伊塔星人计划倾全球之力完成。

五

师父留下的壁画马上就要完工了，他也打算要离开了。颜色是今天上好的，只剩下最后的完善和修葺。

窟内的其余工程已尽数完成，只剩下他的壁画。窟顶藻井的一朵14瓣大莲花也已经悄然绽放，周围伴生着细密精美的忍冬纹，无比华丽。完成了明天的工作后，他就要离开敦煌了。

他望向旁边那尊高大的佛像，佛像的面颐丰润而肃穆，石刻的袈裟纹路柔缓地垂在座位上。

佛像的两侧各有一尊菩萨像。

菩萨垂目。

让他蓦然想起老头儿说过的一句话。

可得解脱处，唯有神佛前与四方宇宙间。

上完最后的颜料，他起身伸了一个懒腰，举着灯走出洞窟。

外面已是黄昏，大漠傍晚的天空，色彩斑斓交错，半边残阳如血，半边碧蓝如洗。交汇之处宛如有一支画笔在中间涂抹，将两边不同色泽的天空缝在一起，色彩诡谲又磅礴，恢宏又震撼。

一时间，风烟俱净，天山共色。

从洞中昏暗的环境出来，让他对外面的光亮极不适应，即使外面已是傍晚，天色将暗。他眯着眼睛，怔怔地看着这大漠黄昏，天边云波变幻，像是一幅流淌着的壁画。

像极了师父的手笔。

有那么一瞬间，他这样觉得。

是啊，那肆意挥洒的色彩，让他以为是师父在天上不小心打翻了颜料，然后又饮了些烈酒，乘着酒意，去释放那压抑了一生的满腔豪情。腕间用劲，指尖凝神，那恣意潇洒的想象便随着笔尖倾泻而出，笔墨勾勒出来的，像他那平平无奇却又跌宕起伏的一生。

他看得呆住了。

他知道，把敦煌壁画推向那史无前例高峰的，正是他师父那一代的画匠。师父的画融合了西域的严肃粗犷，但更多地融入了中原的风格，开创了新的飞天神像。师父的作品个个风格迥异，却又个性鲜明，不管是飞行动作还是衣冠服饰，相较于前朝都有了巨大的创新，那般霞姿月韵，让来往于此地的商贾僧侣都叹为观止。

他记得小时候看过的飞天神像是有翅膀的。他问师父为，什么现在的神像都没了翅膀。老头儿不以为然地说道："翅膀是功名利禄的桎梏，是是非有无的局限，只要无所待，便能背负青天，而莫之夭阏。不役于物，天地一体，还要翅膀做什么？老夫我要的是无拘无束的自由，只要精神自由，咫尺便是天涯，刹那即为永恒。"

他没有听懂。

老头儿好像也不是说给他听的。

可即使如此，师父仍然不满足，就在生命燃尽的前几天，师父心里想的还是如何让飞仙看上去更加漂浮轻盈。师父试着修改了衣服的形态，也改了仙人的动作，虽然效果很好，很受大家的喜爱，可师父总是有些不满足，总觉得缺了点儿什么。

他也有这样的感觉，只是说不上来。神仙好像被一种看不见的力量束缚着，无法突破天际。

这种感觉似乎成了师父的心病，在别人看来只是一个画匠在钻研画技，可在他看来，师父已经入了痴。师父的心早在九霄云外，不再踟蹰于人间。飞仙达不到师父心中的效果，所以师父那段时间总是郁郁寡欢。

现在，师父不在了，这也成了他的一块心病。

思念师父的情绪在此时达到了顶峰，若是此时老头儿还在，定会让他放下手头的活计，去集市沽些好酒。师父遇到难解的问题，总是喜欢来些好酒，对酌几盅。

酒，似乎是打开某个神秘世界的钥匙。几杯下肚，酒意升腾起来的同时，灵感也呼之欲出。

他想不通，也不再去想。他也想饮一些酒，然后，被大漠的风吹走，吹得越远越好。

天光一缕缕地消散，五彩斑斓的天空暗淡下来，一片深蓝。

正好这时隔壁洞窟的画工来招呼他，把他那纷繁的思绪从遥远的天边扯了回来。今日恰逢初一，雇主要向雇佣的画工支付工钱。每月的初一和十五，城内大批的佛门信徒便会出城到洞窟这里烧香礼佛，浩浩荡荡，满城皆出，大多数信徒都拖家带口。每月的这两天，无法正常工作，索性停工两天，所以也被画工们当作庆祝之日。

他被几位其他画工招呼着，来到离这儿最近的集市。他随着众人放慢了平日里匆忙的脚步，享受着难得的清闲。

但集市的热闹并没有进入他的视野，他只是习惯性走进了常和师父去的那家酒肆。他和那里的店家早已相熟，也无需多说，只是依着惯例打了些酒。师父和这家店的老板有几十年的交情了，店家对这个沉默的年轻人也早已习惯，为他称了上好的酒。

酒菜置办好后，他和几位画工一起弄了一个简单的酒席。他们来到窟外的一处空地，那里有一个大大的土台子，像是一个天然的酒桌。

他坐的地方离喧闹的众人稍远，大家对这位沉默寡言的年轻人也习以为常，只是趁着酒兴划拳斗酒，留下他一个人坐在烛火照不到的角落里，像一个与黑夜融为一体的影子，双目失神地盯着眼前的觥筹交错。

他的面前有一只酒壶，旁边放着两只酒杯。面前的酒杯满了又空，身旁的那一杯却一直都是满的，丝毫未动。

酒壶不大，五六杯下肚后，一壶酒就已经见底。除去右手边的，便只剩下最后一杯。

他依旧和那一只无人举起的酒杯碰一下，然后一饮而尽。

他酒量本来就不大，此刻便有了些醉意。

最后一杯酒下肚，他仿佛下了一个决心，蓄了很大的力气才摇摇晃晃地站了起来，一扬手，把手边另一杯满满的酒倾倒在地上。酒气入土，被干燥的地面顷刻吸收——像极了那个酒量似海的老头儿。

他拎起酒壶，去众人那里的酒坛又将酒壶灌满，然后慢慢地，向着远处的鸣沙山走去。

留下身后烂醉如泥的人们。

他也不知走了多久，按照平日里的脚程来算，约摸两个多时辰吧，这才到了山脚。借着酒劲儿，就开始慢慢地上山。

山上的风很大，把他的衣袖都吹得膨胀起来。他就这样顶着风，提着酒壶，跌跌撞撞地行走在山上。一边走，一边听着沙子和风碰撞出来的声音，好像是天地之间专门为他演奏的曲目。他被风吹得东倒西歪，袖袍都膨胀起来，却也一点儿也不在意，反倒有一些冯虚御风的感觉了。

攀到将至山顶，他才猛然惊觉，不知道自己为什么会来山顶。他依稀记着，他是要去寻师父的，还给师父带了一壶酒，可到了山脚，却不由自主地想要登上去。这是一座沙子堆成的山，登一步，退半步，他不清楚自己用了多长时间，只是深一脚、浅一脚走着，才让自己站在了山顶。

满天星汉灿烂，像是一个盛大的晚宴。

由于在山顶的缘故，天空显得格外低垂，仿佛伸手就能触摸得到。

山顶高百丈，手可摘星辰。

墨黑色的天空宛如一块画布，平平整整地铺在头顶，每一寸都密密麻麻地缀满了闪耀着璀璨光芒的星斗。除了距离不一的星辰，还有很多散发着紫粉色光芒的大小星云，形状迥异，呼应相连。梦幻至极，让他以为自己置身银河之中。

醉意和疲乏同时上头，一阵目眩过后，加之眼前此景，让他站立不稳，一跤跌坐在地上。他索性不再起身，靠着背后的沙丘，打定主意歇一会儿，就看一会儿天上银河，也算是享受。山下月牙泉也泛起点点星光，像是把满天的星辰倾倒在水中。

醉后不知天在水。

那满天的繁星，应该会有一颗是师父吧。

一仰头，又饮了一些酒。

六

参议院最终给出的方案是跳棋计划。

跳棋计划是指将整个银河系棋盘格化，以他们自己所在的卡利纳星云为原点，建立空间坐标系，然后向各个方向同时进发。同一方向的舰队再分批次，第一批舰队抵达一级目的地搜索，第二批舰队跨越一级目的地穿越到二级目标点，像跳棋一样交错前进。以最高效率对银河系内的主序星系进行地毯式检索，直到找到宜居星球为止。

这注定是一场史诗级的行动，参与计划的舰队批次就已经接近千万。

上校被任命为第三悬臂行动指挥官。

母星的最外层环绕着一大片规则的光带，远远望去像是星球自带的行星带，可实际上，那里是伊塔星人集结起来的星际舰艇。连在外星执行任务的飞船都被紧急召回，这是事关他们存亡的行动，成败在此一举。

上校看着主舰上的智能投影场，大部队正在有条不紊地启程。一队队飞船向远方出发的样子，像是从一个巨大的光茧里抽出一根根晶亮的丝线。

负责第三悬臂的方队也开始启动了。

他们需要先朝着规定方向就近抵达一处恒星系，再借助恒星的能量打开虫洞，通往第三悬臂。

中转的地方是编号 HD9329a 的恒星，绝对星等 6.97 等。

一个虫洞门打开了，比上次实验中的门的还要大几百倍，由于这次出行的舰队数目太多，要防止虫洞潮汐力造成的伤害。

另一边的第三悬臂。

一排巨大的透明球体渐渐浮现出来，涵盖的范围长达九千万公里，球体折射着来自四面八方的光芒，内里的宇宙也显得格外璀璨夺目。一艘艘舰艇从球体里鱼贯而出，像一个水晶球下方汇聚而成的水滴落下。飞船脱离球面时，尾部和身后的世界便彻底断开，没有一丝一毫的拖泥带水。

舰队在第三悬臂的太空中呈一字排开，像远远眺望过去的潮水。

舰队稍作整顿，就开始了对目标的搜寻。

"主序星编号黄 0736，坐标点 4.2、-5.36、9.65，绝对星等 -10.91，在轨行星数目 78，未发现生命迹象，星球宜居适配度 0.02%。"

"主序星编号红 6742，坐标点 4.2、-2.98、7.91，绝对星等 4.37，在轨行星数目 24，未发现生命迹象，星球宜居适配度 0.012%。"

"主序星编号……"

一连几个月，汇报上来的数据都是如此。

"知道这里荒凉，可从来没想到能寂寥到这种地步！"

参谋长靠在一处巨大的落地舷窗边，忍不住感叹道。

上校默不作声，依旧死死盯着舰艇的前方。

又不知过了多久。

汇报的声音再次传来。

"主序星编号蓝 11527，坐标点 9.64、-1.36、4.33，绝对星等 3.39，在轨行星数目 3，发现生命迹象，星球宜居适配度 13.35%。"

几乎是所有成员，松弛的神经瞬间紧绷起来。

上校立马下令出动巡回舰侦查，他要这个星球最详细的数据。侦查小组很快就反馈了回来，很遗憾，检测到的生命只是简单到不能再简单的单细胞生物，而且星球宜居度也不够高，并没有什么价值。

上校和参谋长对视一眼，彼此都露出了失望的神色。

上校现在也赞同参谋长说的荒凉，但他还没有放弃希望，毕竟他们只搜索了第三悬臂微小到忽略不计的一部分。

正当他又开始计划打持久战时，情报部门的声音却再次传来。

"主序星编号蓝 19668，坐标点 9.64、–1.11、2.23，绝对星等 4.83，在轨行星数目 8，发现生命迹象，星球宜居适配度 65.92％。"

"恒星进化阶段主序星偏上，轨道速度 217 千米 / 秒。"

"第三轨道行星存在多种生命！生命体征类型为多细胞智慧生物！"

由于长时间千篇一律的信息，所以舰艇上的所有成员在最初听到这些消息后，都陷入了微微发怔的状态。

参谋长神色一变，最先反应过来，急忙下令道："所有舰队，立刻呈攻击队形散开！马上进入一级战备状态！"

可没想到，一向谨慎的上校却一反常态地平和许多，在参谋长发出紧急指令后又立即撤回了这条命令，只是下令舰队改为亚光速前进，保持警戒即可。

已经张开的激光射线炮口缓缓闭合。

"都到了这个距离还没有发现我们，也没有做出任何回应，即使是高等文明，也不用太过紧张。"上校淡淡地解释道。

没过多久，舰队就来到了这个存在生命的星球上方。

"好丑陋的蓝色星球啊。"参谋长情不自禁地感叹道。

"丑归丑，既然承载了生命，那么内里一定存在运行精密的系统，可别太让我失望啊，就算不能当作新家，也可以让我们这些先行者歇歇脚嘛。"参谋长难掩期待的神色，接着说道。

映入眼帘的，是一颗凹凸不平、蓝绿驳杂的三轴球体。

它的确很丑陋，像是一个被胡乱啃噬的、没熟透的烂果子。

"情报部门注意，侦查舰对该星球立刻组成同步、低轨及高轨卫星，全方位探测星球上所有生命体状况，行动！"

在上校下达完命令的下一秒，舰队里分离出两艘飞船，向着蓝色星球的方向急速飞去。不一会儿，前线的情报便源源不断地传向后方。

"粗略估计，蓝星年龄为 65 亿年，引力影响范围半径 150 万千米，各项指标均平稳无异常。存在一天然卫星，直径为蓝星的 25%……"

"蓝星上存在的已知生物超过 170 万种，最高级生物已拥有自主思维，文明体系已形成……"

主舰上的气氛不再沉闷，开始慢慢变得活跃起来，参谋长一边翻阅着详细资料，一边惊叹道："立刻向议会禀报！不可思议，简直是不可思议，附近 200 多光年都不存在生命，只有这里有，而且物种还这么丰富！宇宙对这个星球有近乎狂热的偏爱！我有些迫不及待地想知道这些高级生物的进化程度！"

前线继续传来情报："蓝星的强大引力吸附着厚度高达 100 多千米的大气层，同时，星球磁场抵挡着恒星的高能带电粒子，所以大气并不会逃逸。大气的主要成分为 78% 的氮气、21% 的氧气、0.94% 的稀有气体、0.03% 的二氧化碳和 0.03% 的其他气体杂质组成的混合物……"

情报播报完毕后，大家都忘了去切断音频，只是任由那机械而冰冷的忙音不停地重复着，让刚刚活跃起来的气氛又降至零度。在短短的时间内，伊塔星人经历了情绪的大起大落。

他们的身体无法接触氧气。一旦暴露在大气中，氧气及致命的氧化物就会立即干扰他们身体的各项系统机能，直至完全摧毁，无药可救，生不如死。

如果要进入高氧环境，他们需要精密的绝氧物质；可目前，他们母星上所有可用的隔氧材料都被紧急调去制作飞船。他们的舰队上，给每一位高层指挥官配备这样的装备都有些捉襟见肘，更别说如果登陆这个星球，每一位成员都需要全副武装起来。

宇宙就像一位高高在上的神明，给了希望再让他们失望，仿佛乐在其中。

"有机会！我们还有机会！"参谋长喊道。

他的面前已经传来了最新的情报。情报显示，这里的最高级别文明还没有达到 0.5。这也就意味着，他们的武装能力在伊塔星人面前宛如婴儿面对飞机、大炮。

"可以说，这些智慧生物只是刚刚开始进化，没有任何一种生物能够抵挡我们的武器。只要长官下令，我们的舰队可以在十秒钟之内解决这个星球上的所有生物，之后，我们就可以在没有任何威胁的情况下改造这颗星球。还有一种办法，我们可以直接设计出剥离氧气方案，这里的大部分生物都好氧，没有氧气无法存活。"

参谋长盯着面前的信息，兴奋地分析着。

上校也在快速地查看前线传送来的情报，看了许久。

"你的方案很有道理，但我……不同意你的方案。"上校缓缓说道。

"为什么？长官大人，错过了这颗星球，我们还不知道要找多久啊。"参谋长疑惑道。

上校抬头望着远处的蓝色星球，说道："且不说改造一颗星球的难度有多大，光是由我们来扼杀他们就不妥当，至少现在不行。他们进化到现在，是宇宙的秩序。这个秩序不该由我们来打破。这对他们而言，不公平。要怎么破坏，是宇宙自己的事情。"

"可是，长官，秩序和规则是由强者来制定的！而我们就是强者！他们只是太幸运了！您太善良了，您同情那些生命，那么谁来同情我们呢？我们是先行者，我们的家园都快要毁灭了，所有公民都要离开母星了，有谁来同情我们吗？！"

"难道更高一级的文明就该有优越感吗？生存的阻碍从来都不是落后和渺小，而是自以为是的傲慢。总有比我们更高级的文明，我们今天毁灭了这些低级生命，就会有更高级的生命毁灭我们。杀戮，永远不是解决问题的最好办法。现在不是意气用事的时候，阁下。"上校冷静地说道。

"长官，我清楚您对生命的尊重，可现在还有什么更好的办法？难道掉头回去，直到寻找到一个没有生命的、完美的宜居星球？"

上校快速地翻阅着资料。

"改造一颗星球的成本有多大？我们的试错率又有多高？我们想要改造它，第一个办法是抽离这颗星球的氧气。将氧气完全从大气层中抽离，我们得用多长时间？第二个办法是抽干大气层。大功率发动机喷射高速气流的时候，流体附近会产生低压，从而把附近的空气吸过来，然后随着高速流喷射走。但是如果把大气层一并抽干，这颗星球面临的危险不比我们的母星少。"

上校又补充了一句："所以，这只是一个迫不得已的下策。"

"可是……"参谋长还要说些什么，上尉过来打断了他的话。

"报告长官，我带来了议会的决议。"

"哦？议会那边怎么说？"

上校背对着他们，继续忙着整理资料。

"议会那边尊重您的意见，这毕竟是我们系外出行第一次遇见的高等生物，谁都不想看到用死亡终结的结果。"上尉顿了顿，接着又说，"可是，那边议会还说，如果在一定时间内，其他方向的部队和您这边还是没有任何进展的话，他们希望您能做出正确的选择。"

"说了等于没说。"上校依旧没有回过身，接着说道，"他们的生死不是由我来决定的，而是由他们自己决定的。"

上校将一幅人脑的全息投影图摆在智能场上，放大到所有成员的面前。

"这是蓝星上高等生物神经系统的最高级部分，由左、右两个大脑半球组成，两半球间有横行的神经纤维相连。这是他们用来思维的器官，主导机体内一切活动过程，并调节机体与周围环境的平衡，也是意识、精神、语言、学习、记忆和智能等高级神经活动的物质基础。"

"虽然是很精密的组织，但比起进入了芯片时代的我们，还是无法相提并论的。"

上校仍然快速翻看着资料，继续说道："还有一个办法，赢面不在我们这里，在蓝星的智慧生物上。我们可以和他们合作，向他们求助。这个星球上的矿产非常丰富，如果他们能进化到可以帮助我们进入蓝星休整，蓝星到时候一定也会有生态环境和能源危机等各种各样的问题。他们的进化才刚刚开始。到那个时候，这个星球看上去比现在还要丑陋很多。届时，我们可以向他们提供星际跃迁的帮助和太空基地的搭建，这是一个共赢的局面。"

"什么？"参谋长惊讶道，"可是，他们现在对宇宙连最基本的认识都没有，只是停留在观测阶段。这……这要等到什么时候？四维扫描显示给出的粗略估计是在 1000 年以后，他们才能建立正确的宇宙体系。况且，就凭这个结构？"

参谋长指了指桌面上的大脑模型。

"我承认他们拥有智慧，但是，要帮助我们，他们的愚蠢让我无法形容。"上校一挥那个智能场模型，模型瞬间被放大数倍。他指着模型右脑的某一部分说道，"我们要强行自主改造星球的话，成功的时间不一定比他们进化的时间短，得不偿失，所以，还需要进行精确的预估。这里是负责创造性思维的部分——他们的右脑。这里可以描绘图像以及五感内容，这种能力，我把它叫作想象力。他们的大脑约有 1000 亿个神经元和几千个神经突触连接，可以用多种数学模型以复杂矩阵的方式表达出来。通过脑网络分析将脑活动可视化，对这一部分区域进行详细检测，以活跃程度就可以建立预估数学模型，也就是通过想象力等级的划定，我们就可以判断他们进化的时间。"

"我相信数据模型的准确度，是我们自己抽离氧气，还是他们的科技进化到可以帮助我们的地步，这二者的时间谁长谁短，我们马上就知道了。希望预测数据能够达到期望，否则，就算我们不伤害他们，凭他们的智慧也无法躲避未来的灾难，这个风险也可以预估。"

"我们对他们脑结构需要近距离检测，太远的话，准确率会降低很多。"参谋长提出了这个问题。

上校回答道："没错，所以，计划制作几套隔氧服，派遣他们随机抽取几个生物进行测验，我算一个。"

"您也要去？我们的可用材料可能不足以供给侍卫！"

"没关系，就算他们有攻击倾向，也伤害不到我，而且我也很乐意和他们交流一下。让技术部门调取一下他们的语言数据库，我还要抽空儿学习一下他们的语言。这个拥有最高智慧的生物种族已经衍化出很多种，我们需要在他们种族繁衍和文明交汇最旺盛的地区进行测验，以避免偶然误差。"

"这个方案的可行度确实很高，但是，如果测评结果不理想，预测进化时间超出我们的改造时间，而且，兄弟部队那边还没有进展的话……"参谋长小心翼翼地说着。

上校叹了一口气，说道："放心吧，参谋长，如果情况真的如你所说，我就会把指挥权交还给议会。我不是在偏袒这些素未谋面的生物，我只是想在得到客观结果之前，给予生命应有的尊重。我已经尽力地改变宇宙法则，不想让双方都看到不好的结果。还是那句话，他们能否逃过法则，全看他们自己有没有这个本事，这是宇宙逼我们做的，也算是法则的一部分吧。"

上校苦笑了一下，接着又说："而且，你有没有发现，他们……真的有点儿像我们的祖先啊。"

"我们的……祖先？"参谋长无比震惊，关于祖先的回忆缓缓在他的智能芯片数据库中展开。那是多么遥远的记忆啊，几亿年前的祖先也曾像这个星球上的生物一样，艰难地寻求活路，在一次又一次灭顶之灾中死里逃生。用死亡激发出来的智慧更改了基因，延长了个体的寿命，同时，也进入了他们自己的芯片时代。那是多么伟大的壮举啊！虽然不知道眼前的生物进化到这一步需要多么漫长的时间，但光看着他们现在简陋又笨拙地努力进化，在一次次灭顶之灾中顽强求存，确实像极了过往的祖先。

一时间，参谋长的神情有些恍惚。

检测行动定在十五日之后，他们倾尽舰队上的所有可用材料，又向母星请求了支援，才紧急制作出了六套隔氧服。系统也对应地筛选出六个繁衍文明的地点。所以计划共投放六名成员，分别在欧亚大陆派遣三名，美洲板块派遣两名，非洲大陆派遣一名，技术部门在加紧对检测仪器添加预估程序的算法。

这颗不规则的丑陋星球平静缓慢地旋转着，并不知道它的子民们即将接受一场生与死的考验。

"哦，对了，我要去的地方叫什么名字？"上校出发前问道。

"报告长官，他们把那个地方叫敦煌。"

七

分不清究竟是山风的声音，还是鸣沙山上的特有音效，抑或是两者都有，再加上他的朦胧醉意，让他没有听到远处飞行器着陆的沉重轰鸣。

与此几乎同时，天外飞来的重物也在地球的另外五处地方落地。

这位年轻的画师此时靠坐在一处矮矮的沙丘下，醉意上头。直到沙丘的另一边传来清晰的行走声，他才确定是有人过来了。

他扭头去看，被沙丘挡着，什么也看不到。想要挣扎起身，却又一跤跌倒在地上，只得作罢。

那边来的人并没有说话，他反倒借着酒劲儿，想要和谁说些什么。他举起酒壶来，扯着嗓子问道。

"喂……要喝酒吗？"

上校前进的脚步停滞下来，他知道附近就有一个蓝星生命，但他本来并没有把目标放在这儿。他正居高临下地望着山下远方的点点灯火，思考应该怎么入手；可一旁这个落单的生命体竟然主动和他说话，在他的意料之外。

上校在光临蓝星之前就已经做足了功课，这个叫敦煌的地方，主要用来表达文明的方式是雕塑和绘画。而绘画则是凭借大脑中的记忆，想象出意象的画面，从而创造出抽象或者非写实的画面。

"谢谢，我不喝。"

上校的声音并没有因为戴着隔氧面罩而显得怪异。

被拒绝了邀请的画师也没有感到扫兴，而是继续攀谈起来："兄台从何处而来？关外，还是关内？"

"刚刚才到，从一个很远很远的地方来的。"

"很远是多远啊，像牛郎星那么远吗？"画师睁着醉眼，指指天上一颗明亮的星星问道。

"没错，差不多就像那么远吧。"上校觉得有趣，索性也就顺着他说道。

画师虽然醉着，但仍然知道来者是在开玩笑，既然对方不愿意说，他也再没有追问。

"听兄台口音，不像是关外人，来敦煌是经商，还是开窟？"

"家没有了，出来找一处能住的地方。"

"巧了，我也刚刚没有了家啊。"画师失声笑道，"兄台没了家，想找一处安定的地方，而我没了家，却只想去流浪。"

"没办法，家里人多，只能如此。若是像你这般孑然一身，我应该也会去流浪。"

"在理，当浮一大白！"

画师灌了一口酒，醉醺醺地笑着说道："此心安处，方为家乡，说是要回中原，可中原那么大，我回了中原又该去哪里？我是从哪里来的啊，我都不知道，我现在又要想到哪去，地阔天长，不知归路，真让人头疼啊……"

他已经完完全全地醉了，话都有些说不清楚，可依然没有停下来的打算，继续朝着那位看不见的远客絮絮叨叨。

"人居于天地之间，就难以自在潇洒，被七情六欲所困，为生老病死发愁，何时是头，可笑至极。我是看墙壁上的画长大的，不管凡间舍身饲虎还是割肉贸鸽有多么血腥残忍，天上依旧飞舞着天人神仙在奏乐撒花，何时才可以得见？当真如此？"

"你可知……何为宇宙？"上校听了许久，忽然问道。

"宇宙？有实而无乎处者，宇也；有长而无本剽者，宙也。无非上下四方，古往今来，未始有物，未始有封……"

"何时天地与我并生？何时万物与我为一？何时能无所凭借，逍遥上九天？"

"若是当真能如此，你欲何为？"上校又问道。

我欲何为？

欲上青天。

欲揽明月。

欲那满天星辰，任我攀登。

画师喃喃道。

说完，再也支撑不住困意，倒头沉沉睡去。

上校面罩内部的智能面板不知道何时已经开始运行演算。在他的视野里，画师的大脑此刻被完整地扫描出立体结构，散发着浅粉色荧光，并规律地做着旋转运动。一道绿色的光线从上而下重复着刷新，检测不同脑区的激活效果，在上校发出指令后就一刻不停地分析脑电信号。

随着上校和画师的交谈，浅粉色脑部结构的其中一部分出现了反常的红色。随着交谈的过程，红色还在不停地变亮，在最后一句话说完之后，红色的亮度达到了顶峰。

上校的头盔也在同时汇报着监测信息，画师的大脑在进行想象运动时，神经元细胞被大量激活，新陈代谢的速度也同时加快，大脑皮层对侧运动感觉区的脑电节律能量明显降低，而同侧的脑电节律能量却在不停增加，证明了此刻的大脑想象无比活跃。

上校视线的右下方是一个用来估算的数学模型，数据来自检测仪器特殊的空间分布，算法将收集到的所有脑信号投射到一个子空间当中，把它们分解为不同的空间模式。这样就可以利用矩阵的对角化，对所有数据进行最优提取。模型之上，一条曲线随着大脑红色区域的亮度一直向上攀爬，曲线的颜色也在不停地变化，从一开始的绿色变为蓝色，再变成红色。仪器在画师说完话后就已经提示预算完毕，蓝星生物想象力等级初步评定为 6.8 级。

估测结果良好，这个结果甚至超出上校的预计。

在听完画师的最后一句话时，上校心里大致就有了结果，他知道自己赌对了。他的记忆库里再一次零零碎碎地浮现出关于远古祖先的信息。

同样是探索出路，对看不见的、更广袤的宇宙有着无尽的热情，何其相似。

对于这个身处于艰难求存的枷锁里却依然有勇气和决心仰望星空的文明，这颗星球既是他们的家园，也是他们的牢笼。

既然宇宙给了他们可以思考的生命；那么，突破技术瓶颈只是时间的问题。

上校回头看了看脚下叫敦煌的地方，他得到了他想要的结果，便转身离去。

河倾月落，天将破晓。

画师是被地面的颤抖震醒的，当他睁开眼睛时，可以清楚地看到沙丘上的沙子因剧烈震动而缓缓滑落。

他不清楚发生了什么事，只记得昨天喝了酒就上了山。地面依旧颤抖不止，他急着就要起身，可还没等他完全站起来，千丈以外的地方突然迸发出轰的一声。

像夏季午后沉闷的惊雷。

紧接着，发出巨响的那个地方，一个梭形物体被尘烟裹挟着，拔地而起；然后，以快到看不见的速度挣脱强大的地心引力冲向天际。

等他爬起来抬头望去时，他看到了此生都难以忘记的场面。上校的飞行器此刻已经变为了天上一颗闪亮的白点，推进剂留下的白烟直冲云霄，而速度却丝毫没有减缓的趋势，好像要与天公试比高一样，一直向上！

向上！

向上冲去！

带着一道优美无比的弧度刺破苍穹！

平地掠起的皎洁白练仿佛是天空连接地面的一道天梯。

他已经被完完全全地震在了原地，好像入定了一般，一动不动，连眼睛都不敢眨动一下，生怕这幅惊世骇俗的画面稍纵即逝。

一轮红日初升。

深蓝色的天空边缘还挂着没来得及隐去的星星，另一边，橙红色的朝霞如流华般溢出。粗壮的白烟在晨风的吹拂下缓缓变细，从最开始笔直的样子慢慢变得弯曲、轻盈又柔和，那般连绵悠长，长到一眼望不到头。

像是神仙从天上抛下一条洁白的玉丝带。

等等。

像什么？

他瞪大了双眸，被这个想法吓了一跳。他的心脏也同时开始狂跳，像习武之人突然被打通了督脉穴窍一样，他瞬间就明白了束缚飞天的原因究竟是什么，关键就在于飘带的长度。

都说吴带当风，可飘带太短，注定无法展现腾空婀娜，失去灵气，也就不能一飞冲天。

他转身就跑，像疯了一般，用他生平最大的力气拔腿狂奔，一口气跑下山去，连那只酒壶都遗忘在了山顶。

他一直狂奔，一刻都没有停歇，一直跑到作画的洞窟里，把作画的工具也打翻在地。画笔散落一地，他从中捡起一根，顾不得歇息片刻，蘸起颜料提笔就画。

飞天原本短短的飘带被他无限延长，长到那么大一面墙壁都快装不下，任由它自由舒展，飘带在他的笔下仿佛也获得了新生，似飘、似游、似虚、似实，回旋飘柔，轻盈自在。飞天的姿势并没有改变，仅仅是被延长的飘带蜿蜒缠绕，就显得气机旋转、栩栩如生。

他仿佛把时间和空间都揉碎了，然后又搅拌在一起。

那位飞天也似乎打破了禁锢，轩然霞举，要冲破天际而去。

他收笔的那一刹那，流云飘掠，满墙风动。

他想起了昨晚的神秘客人，想起了缥缈无影的话题言语，想起了清晨的天雷轰响，想起了方才看到的神仙掉落的飘带……

谁持白练当空舞？

去似飞鸿无觅处。

难道……他一直没有看到的那个人，是他幼时心心念念的天外来客？

他双腿发软，扑通一声跪倒在墙壁前，嘴里喃喃说道："师父，我不离开敦煌了，我就在这里画一辈子画。"

哪怕我们的名字永远不会出现在墙壁上。

哪怕没人能记得我。

八

上校完成了数据采集，回到主舰上之后，其他成员也陆陆续续依次返回。

技术部门又把数据重新汇总，投射到了上校面前的智能投影场上，就直接在现场进行预估演算，汇总出来的预估数据与个体样本相比并没有太大的变化。不只是敦煌，从蓝星其他大陆板块抽取的样本文明生物，尽管表达文明的方法不尽相同，但在创造性思维的等级评定上都达到了惊人的一致。

不同于敦煌文明的表现形式，其他成员去采样的地点，文明的表现形式多种多样，除了雕塑和绘画，还有文字、音乐、舞蹈、建筑……

根据伊塔星人的功能磁共振成像，当这颗星球上的高等生命进行创造性活动时，无论以何种方式，大脑的活动都会开始急剧变化，负责自我监督和自我批判功能的前额叶皮层被抑制，而部分处理记忆和情感的内侧前额叶皮质被激活。

无一例外。

不仅如此，伊塔星人还将样本大脑中神经元的电信号提取出来，利用非侵入式电极分析这些活跃的信号，最终合成出一幕幕大脑想象中的画面。

画面如卷，纷纷在面前的全息屏幕上展开。

在场的所有成员都陷入了无以复加的震惊当中，饶是他们见过了浩瀚无垠的宇宙，见过了星系的诞生与覆灭，却仍然惊诧于这些画面——那是蓝星生命并未亲眼见过，却在脑海之中憧憬过无数次的场景。

在他们的想象中，充盈着对苍穹之上千万里的好奇，那是多么五彩斑斓、绚丽无比的世界啊！日月星辰都闪耀着令人目眩的光芒，以飞快的速度做着规律的圆弧运动。身处其中，仿佛坠入了一个只有色彩和光芒的空间当中，无边无际。

而那条根据数据预测出的函数图像，像一条倔强的蚯蚓一样，昂着头努力向上攀爬着，看上去十分顽强。

预估显示蓝星生命将在900年之后建立正确的宇宙模型，预计1200年后将正式进入宇宙探索，1300年后伊塔星人可以正式向他们发出求助信号。

比他们预料中的还早很多，比他们强行改造蓝星的时间更短。不管1000年还是2000年，对于蓝星生物是漫长到无边无际的时间，而对于伊塔星人只是三四代而已。

充当卫星的巡回舰艇开始逐渐撤离，他们准备离开蓝星了。

所有舰队掉转方向，准备借助这颗散发强烈光芒的主序恒星的能量，开启虫洞，向下一个目标进发。

参谋长恋恋不舍地回头看向太阳系，再一次忍不住赞叹道："这个星系简直就是宇宙的杰作，难怪能孕育出智慧生命。无论是能量还是系统，状态都堪称完美。这颗丑陋的星球像是在藏拙，用粗糙的外表保护自己的孩子。"

上校没有接话，他将所有研究好的资料小心地保存起来，又在他的宇宙星盘地图上将这个星球着重标记好，做完这些，才说道："它的外表和内里像是两个维度，内在的丰富和精致程度我们从未见过；但这都不是最难得的。最重要的是那颗行星上的智慧生物，他们对于未知事物的好奇与探索至关重要，而且绝不会停滞不前。那些天马行空的想象最终一定会把他们送上宇宙，送到他们任何想去的地方，而不是坠入虚无之中。"

在进入虫洞的前一刻，参谋长仍然在自言自语着："所以，宇宙总是这么不可思议吗？"

上校听到了这句话，微微一笑，回答道："向来如此。"

作者简介

段孟禹，男，山西农业大学应用化学专业本科生。曾获第十五届华语科幻星云奖青少年科幻征文大赛银奖。

人的终临

詹卓丫

狄仁杰再次握紧手里的刀柄，之前喷溅在掌心里的蓝色血液滑腻异常，每一次使出力气都像是在抓住一条鲈鱼的鱼尾，但他还是用出了自己迄今为止的全部技巧，试图把尖头菜刀向更深处推进、搅动。

咔嚓。刀尖破开了另一层软骨屏障，畅通无阻地进入到身体的核心，那始终带着倨傲表情的艳丽脸庞上的做作恐惧终于消失，转化为无知无觉的空白，一如狄仁杰对这一类"人"的第一观感。

他试着抽出刀柄，但刀身像是被吸盘黏住一样，难以动作。狄仁杰只得更加卖力地搅动菜刀，单从动作来看，很像是在转动研磨黄豆的石磨。这一举动很费力气，所以，不一会儿，他就放开了刀柄，看着沾满蓝血的身体慢慢后退，最后靠在墙壁上缓缓滑坐了下去。

终于，终于死了。他有点儿想笑，但是勾起一丝嘴角似乎耗尽了他剩下的力气，只好半合着眼帘，头慢慢垂下，却在最后的视线落在那死者身体上时猛然抬起头，随后睁大双眼。

死了，自己杀了神人后裔，它死了……这样的认知像一盆冷水劈头盖脸浇灌下来，随后是足以将他的人格尽数毁灭的惊恐，不，不，他们马上就要来了，所以，在这之前……他身体前倾伸出手，牢牢抓住了什么，随后便被粗暴的动作死死按在地上。

"圣人恩典，命罪臣狄仁杰撰自悔书，赐凌迟不处死。"尖细冷漠的机械音在狭小的审讯室里回荡。男人的眼皮跳了跳，却也没有抬头为自己辩解。从案发到被逮捕再到定罪总共不到半个时辰，他甚至没有休息够，只是低着头，用余光凝视着自己被缚却始终紧握的右拳。

神人后裔被杀，而且还曾经身居高位，是圣人亲封的大理寺卿，凶手居然是死者生前最欣赏的下属——大理寺少卿狄仁杰，这件事绝对会震惊朝野……男人看着被机械臂递过来的显影板，不管是凌迟却不处死这种欲生不得欲死不能的酷刑，还是自悔书，都只是女皇震慑他人的无聊手段罢了。

光宅元年（684），在经过血腥的宫廷政变之后，女子之身的圣人登基成为整个东大陆的皇帝，并获得了自古以来就或大或小影响着世界的神人后裔的大力支持，原本只是藏在帷幕背后的神人后裔就此进入普罗大众的视野，甚至有乡野小儿歌唱："东方的天下，是圣人与神人共治的天下。"

女皇陛下推崇神人后裔，因此设置专门律法保护这群"与众不同"的怪物。哪怕只是稍有冒犯神人后裔，任何人都难逃一死。因此，狄仁杰很清楚自己的命运，他只是看着那张用来写自悔书的显影板，回光返照似地想起了过去。狄仁杰的一生饱受神人后裔的桎梏，他从小就能轻而易举地辨认出伪装成普通人类的神人后裔，并在失去了一切之后，终于忍无可忍将刀尖指向它们。

狄仁杰一开始并不叫狄仁杰，他是在成为大理寺少卿之后被强制赋予了这个名字，而在那之前，他所拥有的名字，所拥有的家人，所拥有的过去，所拥有的一切……都随着他成为"狄仁杰"后全部烟消云散了，从此之后，他就只是狄仁杰，一口蜀音却被当成并州太原人的狄仁杰。

任意颠倒他人的人生，似乎是那些形貌昳丽的神人后裔的邪恶爱好。被选为"狄仁杰后备役"的男人似乎不在少数，他们从小就被观察，一路举荐进入大理寺，但最后是自己脱颖而出，就连那个曾以为赏识自己、后来却被自己所杀的神人后裔也曾注视着自己的样貌喃喃自语："很好，很适合。"

对于这些事情，圣人并非不知情，或者说，无与伦比的女皇陛下默许这样的事情一再发生……终于，在狄仁杰面对着自己素未谋面的"好友"张柬之，终于忍不住骂了一句。

对此，过去不知道是不是张柬之，至少现在是的男子扬了扬眉毛，把茶缸推了过来："喝口茶，降火。"

狄仁杰并没有喝，只是用一种阴郁的表情看着全然陌生的对方："我们不熟。"

"现在熟了。"张柬之拢了拢衣摆，"至少，在圣人陛下和神人阁下面前，我们得是挚友，明白了吗？"这是张柬之作为一个"陌生人"能给予的最明显的忠告。

简直像是玩某种幼稚的过家家游戏，狄仁杰难免这样想，但也深深地明白这一"游戏"的残酷之处，虽说他已经是狄仁杰，但谁知道如果他不听话，会不会被神人后裔换一个呢？

如果抛开种种让人觉得恐惧与不快的地方，那位神人后裔对狄仁杰可以说是非常赏识，甚至有些赏识过头了，不仅是查案第一个想到他，就连一些高级卷宗都允许他查阅。如果不是狄仁杰志不在此，他可能就会耽于那没有性别的貌美神人后裔给予的理想乡里，好好扮演自己的角色。

"陛下让您写自悔书，不是让您来想入非非的。"回忆戛然而止，来者降下迷蒙的阴影，带着怪异的笑容，逆光中的容貌阴柔俊美，比最唇红齿白的少年都要明丽。

狄仁杰知道此人是谁，他……或者说，它，是圣人天子脚下近臣，也是那些神人后裔中最为权势滔天的，其名为来俊臣。

男人只是抬起头看了它一眼，随后继续耷拉着脑袋，握紧右拳："没有自悔书……就不会凌迟了吗？"

"哈哈，瞧您这话说的。"来俊臣格外自来熟的样子，"只是让您写个自悔书认个错，然后，送您去彭泽县，怎么会凌迟您呢？"

狄仁杰一下子就愣住了，他几乎就要摊开自己的右手。

"圣人怜悯您哪。"

来俊臣虽然柔丽，笑起来却格外不似人形，反而像一只成了精的老鼠，"明明妄图谋反却只是贬谪，圣人可真是眷顾您哪。"

"不对，我明明是杀了大理寺卿……神人后裔……"狄仁杰愣愣地看着眼前的非人之人。来俊臣像只老鼠，又像是狐狸精，他的声音格外纤细而缥缈，仿佛来自世外："您这是说什么话，您自己不就是大理寺卿吗？怎么？您还能杀了自己？"

狄仁杰不知道什么原因让圣人和神人后裔们改变了原本的想法，像是在执行某种极为生硬的程序，他被草草定了谋反罪，三天后就奔赴彭泽县。这几天，他一直浑浑噩噩，试图寻找自己杀的那个人留下的痕迹，却一无所获。神人后裔可以让任何人人间蒸发，也能让自己人间蒸发。

他握紧右拳，用不甚熟练的左手写下了自悔书，悔过自己不曾有的谋反。三天后，好友张柬之"按例"前来送行，年轻的白衣宰相递来一杯酒，但是他没有去接。张柬之便自己一饮而尽："怀英，你虽然被来俊臣陷害谋反，但我相信你能洗刷冤屈，回归朝廷。"

狄仁杰皱紧了眉头，这话简直像是传奇话本里的"台词"，听来生硬无比，而且在许多事实上也有所谬误，他怎么自己都不知道自己是被来俊臣陷害的？可随后，张柬之状似不经意地多谈一句："怀英，彭泽县乃风水宝地，据传彭祖的后人隐居在此，就连李淳风大人都曾游历过。公事之余，也可以去散散心。"

起初，刚到彭泽县的狄仁杰并没有在意，可当他试着在无人处打开自己握了好久的右拳，却发现自己这部分感官已然完全丧失，简直像是死人的手，怪不得他们允许自己带这个秘密离开，原来是知道自己废了……他马上想通了其中关窍，也立刻想到了李淳风，这一太宗时代的伟大天文学家与数学家。其师袁天罡因为《推背图》曾被当时还是天后的圣人陛下判处斩立决，而李淳风虽逃过一劫，却只能隐居，不再问世事。

张柬之是怎么知道李淳风在这里的？他很疑惑，便调取了大量民宅信息和人口流动普查表，并最后找到了冥灵别业。

冥灵取自《逍遥游》中的百年大树之名，其作者庄周是一位非常传奇的人物。因为没有见过真人，单从典籍记载的情况来看，庄周很像是一位缥缈的神人后裔。狄仁杰也一度这样认为，可在见识到真正神人后裔的某些手段时，他宁愿不再想这个问题。

冥灵别业在彭泽县南郊，远远望去，有一棵千年古树拔地而起，枝叶繁茂，看不出是什么品种，想来说不定就是传说中的长寿树种"冥灵"。在树下，狄仁杰果真见到了传说中的李淳风，那个只活在阎立本画像中的传奇占师安坐在加了靠背的软垫上，面前是一座红泥小火炉，冲着狄仁杰高举小杯："能喝一杯吗？"

"你们知道我会来。"狄仁杰已经可以肯定张柬之和面前的李淳风是"一伙人"，但是，他们为什么会是一伙人，在整个事件中又扮演着什么样的角色，他却全然不知。巨大的信息不对等让他感到无比恼火，只能硬生生压下去。他很快恢复了冷静，开始思考起其中的弯弯绕，却得不出一个答案。

"您来只不过是为了治疗右手，在下不过是知道这一点罢了。"李淳风看起来很年轻，却需要火炉取暖，看起来身体很羸弱。他从身侧取出医疗箱，狄仁杰在他面前坐下，伸出无法打开的右手。走出画像的占师只是瞥了一眼："神经性肌肉受损。"

话音刚落，李淳风打开医疗箱，里面并没有消毒酒精或者纱布，而是一套大功率的电气针灸设备。占师将三根连着电极的合金针刺入劳宫、合谷、少商三穴："接下来，会有点儿疼。"

"别弄坏了。"狄仁杰撂下一句，随后死死咬住下唇。电火花在右手掌上刺啦作响，巨大的疼痛让他被钉在原地，只能避无可避地感受着自己的皮肉被烧焦的感觉……那份痛苦让他气血上涌，久违的愤怒与憎恶一瞬间涌上心头，他怎么会落到如此地步？为什么要选中他？！

他从来没有想过当什么"狄仁杰"！他只想成为他自己！正如交涉失败，挥刀刺向那个神人后裔的夜晚，他也是如此高声宣告："谁要当你们的走狗！"

狄仁杰忽然发觉自己把这句话喊了出来，抬头一看，对上李淳风似笑非笑的表情；视线下移，却见自己的右手已经打开，露出了掌心的斑斑血迹，以及被死死嵌入骨头中间的一枚芯片。

"虽然神人后裔并非不可以杀死，但我们却从未在它们身上拿走过任何东西。"李淳风将杯中残酒一饮而尽，"狄大人，你很勇敢。"

"我只是鲁莽罢了。"狄仁杰对自己杀死神人后裔一事并不后悔，却也后悔自己没有拿走更多的东西。当他将刀尖刺入它的身体，"非人之物"是他当时唯一的感受，他也一度想要剖开对方的身体，好好看清楚究竟是什么构造……却也只是拿走了心尖二瓣膜……但那真的是人类的心脏吗？当然不是！那明明是仿佛巫蛊厌胜之术的具象化！他完全不能理解，只觉得恐怖。

"那么，接下来，您打算如何处理这枚……芯片？"李淳风问他，脸上却还是似笑非笑的表情。

狄仁杰知道，自己其实并没有选择，只不过是在两个地狱里面选择一个不那么残酷的罢了！

"你们想要我做什么？"他沉声道。

"不，不，而是……您想做些什么。"

在与李淳风分别之前，狄仁杰得到了一本阅后即焚的小册子，其中讲述了如何在神人后裔的"监视"下既能扮演好自己的"角色",又能不着痕迹地做自己的事情。

做自己的事情?这对于之前的狄仁杰来说是奢望,谁都不知道他并不喜欢厚重发霉的卷宗和血淋淋的案发现场,就连"无所不知,无所不晓"的神人后裔们也不知道。曾几何时,尚未成为狄仁杰的他也只是一个爱看历史演义小说的孩子。

然而,当现在的狄仁杰终于了解到过往的世界实则一片虚妄,曾经热爱的历史小说也变成了难以名状的噩梦,我们的历史真的存在过吗?一切都是神人后裔们编织的噩梦吗?庄周也好,女皇也罢,身为提线木偶的所有人到底该如何跨越未来……

剩下的事情,其实已经不是那个名为狄仁杰的虚伪个体所能左右的了。历史,也许那真的称得上历史,历史的洪流滚滚而来,空白的画卷总要有人去涂抹,神人与人的博弈终于到来。

六年后,狄仁杰同时收到了来自李淳风与张柬之的信件,前者将当时那枚芯片的部分解析结果发了过来,但要想得到更多相关情报,李淳风需要他承诺加入与神人后裔对抗的队伍。这件事并非绝密,狄仁杰相信其中有倒戈向他们的神人后裔的暗箱操作,而后者则是在其他神人后裔的层层监控下,将既定的"命运"告知了自己。

"自己"的命运是成为圣人皇帝的宰相,与另一位宰相张柬之一起,为武皇陛下鞠躬尽瘁,死而后已,直至……

狄仁杰诧异地看着两封信件上或明或暗的文字,上面的内容都指向同一点:武皇会在神龙元年(705)被自己和张柬之逼退,"我们"会拥护目前被废的中宗复辟,光复李唐国号。

实不相瞒,狄仁杰对中宗的印象并不太好,觉得其太过于软弱,那么,在"那个既定的印象"里,张柬之和他怎么会拥其为主?仅仅是因为对方是李唐之后?

当然,更让狄仁杰感到惊异的还是这一点:神人后裔们苦心孤诣,几乎是"冒天下之大不韪"地推举武皇上台，但为什么又如此轻而易举，仿佛弃之如敝屣地让自己等人将其推翻?!

那我们究竟算是什么?! 玩具吗?! 我们是沙盒游戏里予取予夺的数据吗?! 一股比感到历史虚无更加悲凉的愤怒自胸中涌出，狄仁杰几乎要撕碎那两封信件。

这已经不是历史是否存在过的问题了! 而是这一切的荒谬!

我们什么都不是，更像是实验室里的蚂蚁，培养皿中的细菌……我们没有办法左右任何事，一切的一切都只是按部就班，我们是照本宣科! 是照着"猫"画出来的"虎"!

但是……这一切并非没有转圜的余地，最终狄仁杰还是选择了加入李淳风的组织。

"我们是'人'，不是神人们的'虫子'。"这是李淳风告知狄仁杰的组织箴言，"我们希望，至少能与真正的'神人'谈判，还我们的世界、我们的星球、我们的种族一个自由。"

狄仁杰皱了皱眉头，他本能地觉得这种宗旨过于温和，但眼下确实没有更好的办法，神人与神人后裔们对这颗星球的控制是压倒性的，身边的任何一个人都有可能神不知鬼不觉地成为神人后裔的人偶。

"但是，神人的目的并不是要在我们的星球上上演一出只有活观众、没有活人的木偶剧。"袁天罡捋了捋胡须，"老夫还是认为，它们是为了从我们身上看到别的东西。"

第一次在组织中看到传说中的袁天罡，狄仁杰非常讶异，但随后李淳风的解释更是让他大吃一惊："老师之前之所以被杀，是武皇配合我们的缓兵之计。"

武皇也是我们的人? 但狄仁杰还未来得及多问，袁天罡便在会议上继续自己的理论："我们相师之所以能从星星中看到未来，是因为未来确实已经'被书写'过了；但是，却未必是神人'刻意'书写的。"

"老夫始终认为，我们正在经历神人们曾经经历过的历史。"老人眼中迸发出奇异的光芒，"诚然，它们塑造了我们的历史，但一切并非是空穴来风，就算是最高明的小说家也无法汇编出真正意义上的历史，除非……它们的确有真正的历史作为参考。

"这是老夫从星星中看到的。"

"即便如何勉强，我们的历史仍然还是与它们的历史有所差异，它们也许想看到的，就是我们能否超越它们的历史！"

狄仁杰呼吸一滞，心如乱麻，他实在不能接受，这样的理论就好像……神人们在"考验"我们这些人！不惜调换活人，塑造历史，把可怜的普通人按进雕刻出来的模具，亦步亦趋地按照指示活动，发动血腥的屠杀与支配，就是为了考验我们的文明？！多么恶心！多么让人感到反胃！

"不管神人与其后裔们的目的是如何，我们的目的只有一个……"李淳风适时站出来一锤定音，"那就是夺回我们的自由，让我们的后代活在一个能自由支配命运的世界！"

在这样的方针指示下，神人与人之间的博弈很快来到了白热化的阶段。其中，改变战局便是"人神区别理论"的提出，与能够简单快速有效区分人与神人后裔装置的发明。

"人与神人后裔之间究竟有什么差异？"起初，并没有人能准确地回答这个问题，直到由狄仁杰以及其他牺牲者付出各种代价获得的内部芯片与组织碎块，才终于让人们明白了"它们"究竟是什么。

它们实际上是一种"真菌"，拥有能控制全身伪组织的菌丝组成的伪脑。

"这种伪脑与人脑最大的区别就在于，其拥有细胞壁和独一份的神经连接类突触。"李淳风如此对大家解释道，"而能够准确区分神人后裔的方法原理——就是利用高浓度类神经递质直接紊乱对方的伪脑。"

"只要使用这种方法，我们就能兵不血刃地将人与神人区别开来。"李淳风如此对大家宣告着，"现在，让我们撕开神人后裔们虚伪的假面吧！"

武曌神龙元年（705），中宗复辟。

狄仁杰并不知道袁天罡和李淳风他们有没有从星星的轨迹中看到如此血腥的屠杀，更不知道神人后裔们为他们定好的"命运"之中是否会有这样一场浩劫，在血与火不断蔓延的东都洛阳，他只是麻木地走过遍布神人后裔尸体们的宫道。经此一役，有许多存在将被彻底毁灭，有许多命运会被彻底倾覆……但是，人们，至少是东方的人们，真的能迎来属于自己的未来吗？我们，真的赢了吗？

在迎仙宫，狄仁杰见到了曾荣耀披身，现垂垂老矣、身处末路的圣人武皇，和她身边最后的神人后裔、名为张易之的弄臣。因为武皇的暗中相助，这个女人并不在清算行列，但是张易之肯定是逃不脱凌迟之刑。带着兵马的狄仁杰沉默地看着她们，却见形貌昳丽的张易之高声狂笑："你们以为自己赢了吗？中宗复辟，武皇退位，接下来便是开元盛世！玄宗明皇的时代！你们还是跟着'历史'走了！你们还是会遭遇的！遭遇'安史之乱'……"扑哧……

武皇手中浸透了高浓度特殊神经递质的发簪深深刺入张易之的脖颈，这样的浓度注入足以让任何一个神人后裔的亚种神经系统崩溃。那个年老的女人再次搅动手中的发簪，像是转动生锈的风车，每一下都像是在扭动狄仁杰的心脏。他很难想象那时曾经身为圣皇可其实与傀儡无异的女人心中所想，他能感觉到仇恨，但更多的却是一种执拗。

"不要让那群混蛋主导我们的历史、我们的未来！"女皇深深地看了狄仁杰一眼，将发簪抽出，然后扎进了自己的脖子里。

哪怕如此的微不足道，如此的渺小，她也要用自己的死亡去证明，证明一切绝对不会变成神人们的故事书，我们终将主宰自己的命运！

可直到很久之后，狄仁杰从亘古不变的冰封中悠悠转醒，从冷冻保存中强制唤醒的他很快被告知了接下来的"历史"。

中宗病逝之后，又经过了一系列动乱，玄宗明皇走上台前，在此之前，圣女贞德已经通过自身受火刑揭开了神一教的虚伪，东西大陆同时开启了对神人后裔的赶尽杀绝，一时之间，神人后裔在这颗星球上绝迹，伴随着两边领导者的合作而使得人类走上了属于自己的命运之路。

但是，真的如此吗？如果真的是这样，就不会将自己唤醒了……狄仁杰揉了揉太阳穴，刚从长眠中苏醒的他异常疲惫："张柬之他们呢？"

没有任何人回答，而狄仁杰自然也是明白了他们后来的命运——并非因为在与神人后裔的对抗中丧生，而是死于一波未平一波又起的斗争之中。狄仁杰忽然觉得有些悲哀，他不知道该如何是好，昔日的战友成为历史尘埃下的粉砾，与永无止境的欲壑融为一体，狄仁杰不知道他们还剩下多少初心，也许从一开始就没有存在过这种东西，他们也许根本不是为了从神人后裔手下夺回自由，而是为了自己本身的利益……那么，自己又算什么呢？

狄仁杰并没有立刻向当今的圣人明皇告知自己苏醒归来的消息，而是以一个普通的翰林学士的身份在朝中任职，与当时风头无两的"诗仙"李太白成为同僚。

"今朝有酒今朝醉！"这样说着的李白，嘴角的胡须被酒液打湿，朦胧的双眼无法聚焦，却直愣愣地看着狄仁杰，"僚友！来！喝！"

"我怎么没见过你……"他嘟囔着，歪倒在酒池的旁边。

狄仁杰并不打算与酒鬼打交道。此刻正是华清池夜宴，他想要趁此机会拜谒圣人明皇与贵妃杨太真。目前已有神人后裔卷土重来的谣言，他无法再说服自己扮演一个瞎子，可他又只是一个从冰块里死而复生的前朝遗老，他该如何自处，又该如何劝谏自认为开创了太平盛世的圣人陛下？

"这不是我的诗！不是我的！我写不出'今朝有酒今朝醉'！这是我脑子里自己出现的！我不知道是怎么回事！"一旁的李太白忽然发起了酒疯，他挣扎，他狂笑，又像是在怒吼着哭泣，他哭号着，"这不是我的诗……"

狄仁杰却只觉得全身的血液都因为震悚而消失了，还会有人比他更了解在这个名为李白的男人身上发生的一切吗?! 这简直像极他自己，像极了每一个被神人后裔扭转人生、塑造命运的可怜虫，永远也逃不脱"历史"的阴影，逃不脱"既定的印象"。这是永恒不变的事实，这是悲哀的命运啊！

绝望与愤怒的人生不需要回答，没有人能回答李太白的疑问，因为所有人都不明白为什么他要否定自己的诗歌，正如不需要许多年就会发生的名为"安史之乱"的浩劫，没有人知道为什么这件事"依旧"发生了，不仅如此……

狄仁杰再次握住手中的刀柄，只不过这一次并非为了杀掉曾让自己无比憎恶的神人后裔，而是为了剥开杨贵妃的尸体。但是并没有找到位于心尖的控制芯片，因为眼前的女人是神人后裔与人类的嵌合体。

"哈，很奇怪吗?"面目全非的美人露出绝美的微笑，有那么一瞬间，狄仁杰觉得她的双手拂过自己的脸颊，但那其实只是微风而已，"你知道吗? 这个世界上其实没有你们以为的神人后裔的，因为我们所有人都是神人的后裔。"

这个世界的一切都是神人们塑造的。

包括"人"的进化、语言的形成、文字的诞生……神话、风俗、传说、习惯……这一切都不是假的，只是复制品而已。

我们，是神人的"拷贝"。

甚至这颗星球，也在神人的塑造下，才变成了现在这个样子、这个宜居的模样。

即便将女人埋进泥土，狄仁杰仍然能听见那絮絮叨叨的声音在耳边回荡。

这才是真相。他闭上了眼睛，选择听从内心的声音。

他想，他还是会愤怒。

但在群星的阴影下，一切即将迎来终结……

作者简介

詹卓丫，女，湖北民族大学汉语言文学专业本科生，获第十五届全球华语星云奖青少年科幻征文大赛优秀奖和第二届星辰奖全国大学生科幻征文短篇组二等奖。

最后的慈悲

张育玮

树枝在湿软的土上留下痕迹，一撇、一捺、一横、一竖……最后，汇成了两个字——江寻。这是他的名字，少年看着自己写出的字，回想着老和尚教他写字时给他讲的那些故事。

他抬起头，看着树顶的那一片苍绿色，晨光从树叶的缝隙间洒下，照亮了少年还带着些许稚嫩的脸庞。这两年，树木大多被力士们砍伐，只有较为偏僻的地方还有这样高大的树木，山野间随处可见的灌木、小草也逐渐消失在人们的视野里。

江寻躺在地上，眯着眼睛，看着头顶的天空，一阵风吹过，将尘土刮到他的脸上。

"铛铛铛……"连绵不绝的钟声回荡在山上山下。每当钟声响起，世界好像会停滞在钟声的回响里。江寻听老和尚说过："晓击即破长夜，警睡眠；暮击则觉昏衢，疏冥昧。"

少年不太懂那是什么意思，只是觉得心里宁静，却又不禁有了一些黯然，因为听到这个钟声的时候，他就必须回去了。

江寻起身。山里的小路，他都一清二楚，不一会儿，便看见了那座熟悉的建筑。

"江寻，快回来！被力士大人发现又会被惩罚的。"一个有些焦急的声音响起，女子站在门前呼喊着自己归来的孩子。她的声音就像春风一样传入了江寻的耳中。

他赶紧跑了过去。母亲不禁皱眉："又悄悄跑出去，你是不是又跑去山那边了？山上的大师们说过，不许人们靠近那里。"

"我在想，为什么我们要一直待在五台山上？什么时候才可以出……"江寻看着远处高高的城墙；可他还没有说完，便被母亲用手捂住了嘴。

江寻刚想挣扎，就看见一道红光扫过来。

母亲示意江寻安静，然后恭恭敬敬地向来人弯下腰，江寻也乖乖跟着照做。

"力士大人好！"母亲说。

力士并没有回答，眼睛发出的红光扫向了母子二人的面孔："此处，佛祖禁止喧哗，请注意。"说完，便转头走向别处，只剩下他身上金属摩擦传来的声音与深深的脚印。

江寻看着他那钢铁的身体与眼眸中的红光，不禁摇了摇头。

那是钢铁力士，据说是僧人们用佛祖传下的巧物之法铸就的。也有人说，只要虔诚地信奉佛祖，就可以将自己的血肉之躯转化为钢铁。在力士之上，还有罗汉，同样是钢铁铸就的身躯。也有人说，那是高僧们修炼到了高深的境界，才可以达到的。江寻想着，如果真的是后者，那么，那些高僧未免太想不开了。

他悄悄地嘀咕了两句，看着力士走远，就回过了头。

"你忘了佛祖大人订下的戒律了吗？"母亲叹了一口气，严肃道，"外面的皇帝和子民都是佛敌，只有这里才是佛国，会接纳我们这些人，让我们人人可成佛，登上极乐世界。这是当初大师们说的，娘亲不懂这些，但是，待在这里，我们好歹可以活下去。"

江寻抬起了头，看着母亲前两年乌黑的鬓角如今已经浮现出了银色，又低下了头，轻轻地道："好。"

"回去再休息一会儿吧，现在还早些。下次，不要乱跑了。"得到儿子的保证后，她的脸上也露出了笑容，"我要去帮助大师们制作巧物了。我们娘儿俩还要在这里生活下去。"说完，便走向了大人们白天工作的地方，那是一尊巨大的佛像。

江寻看着山顶那巨大的佛像，在阳光的照耀下，有些晃眼。他不懂佛法，不知道那是哪一尊，只知道，在山上生活的人们，除了少数人，其余的白天的时间全都在那里，帮助那些僧人做一些制造巧物的事，就可以得到食物。

这里是五台山，从开成年间开始，朝廷里的那位颖王殿下①就开始打压天下的寺庙。他认为僧人们所掌握的那些技术会动摇李家统治的江山。作为最有可能登上皇位的皇子，他手里已经掌握了这个伟大帝国很可观的一部分力量，大部分的寺庙被拆除，那些掌握了"巧物妙法"的僧人们被朝廷出动的军队逮捕。颖王殿下手段狠辣，宁可错杀，不可放过。

于是，那些掌握了巧物妙法的僧人以及一些被无辜欺压的僧人都来到了五台山，还有一些信奉佛教的百姓也有一部分来到此地。江寻便是那时候被母亲带到了这里。

没过两年，一只驱霆扇动着那精密的青铜羽翼飞到了五台山上。那是用巧物之法制造的鸟儿，它带回了一个消息——颖王继位了。他们深知，以颖王对于佛教的敌视，当他坐稳皇位之后，这个巨大的国家就会

---

① 颖王：唐武宗，李炎于长庆元年（821）被封为颖王。开成五年（840）正月，唐文宗疾重，李炎被诏立为皇太弟，废太子。唐文宗去世后，李炎即位。次年，改元会昌。在位期间，下令没收寺庙财产，捣毁佛像，命令僧人还俗。

把最锋利的矛刺向五台山。

于是，从那天起，数以百计的钢铁铸就身躯的力士们从山上走下来，短短数天就把五台山用高耸的墙壁围了起来。从此以后，五台山就变成了一个独立于朝廷的地上佛国。

巧物之法，江寻听母亲说过，据说那些僧人用一些木头和铁块就可以做出自己飞行的鸟儿，就像是神仙的法术一样。

那些僧人又让那些钢铁力士铸就了一座巨大的佛像。此后几年，那座巨大的佛像中不时就有新的力士走出。那群僧人宣称，佛祖会带领着大家一起重建地上的佛国，而不仅仅是蜗居在一座山中。

他看着母亲走远，便向着房子的方向走去。在几棵树叶并不怎么繁茂的树后面，零零散散地有几个小木屋，那是前几年的时候，来到这里的人们所建立的，江寻和母亲也分到了一个可供两人遮风挡雨的居所。

刚来的那两年，五台山上的生活还是很好的，那些僧人没有强迫人们去劳动，人们以为找到了那些文人墨客所歌颂的桃花源。

可是，这样的日子并没有持续多久，僧人们说山上的食物与水源是有限的，人们要去帮助僧人们制造佛祖妙法中的那些神奇造物，才可以分到食物。

而没有劳动能力的人们则被限制了自由，不可以在山里随意走动。

显然，彼时的江寻也是其中一个。

可是，生命追求自由的天性是不能被束缚的，更何况是一个孩子呢。

江寻总是趁着那些钢铁力士没有注意的时候，悄悄溜出去，去找老和尚说话。不能去的时候，他就在门前坐着，一边等待着母亲回来，一边消磨自己的时间。

他看着不远处的力士们，听母亲说，佛祖开恩，就算是他们这些普通百姓，如果认真地完成自己的工作，也可以受到佛的"慈悲"，之后，就会像力士们一样，拥有钢铁一样的皮肤、无坚不摧的力量。

可江寻觉得这并不好，怎么有人会喜欢钢铁一样的皮肤，而不是亲人温暖的怀抱呢？怎么有人想听那冰冷的声音，而不是那幼时唱歌谣的温柔声音呢？他不喜欢那些力士走起来路时金属碰撞的声音和冒着红光的眼睛。

"我才不会变成那样。"江寻想着，慢慢地走进木屋。

五台山上的日子是枯燥的。江寻没有同龄人，曾经见过的一些人也很长时间没有再碰到了。这天，他实在厌倦了这种生活，向外走去。他想去看看老和尚。

"这位施主，此地禁止随意走动。"江寻抬起头，看到一双精密的机械眼，是罗汉。那是比钢铁力士地位更高的存在。不同于力士看起来就粗大的身躯，罗汉的钢铁身躯看起来精密了不少。江寻见过罗汉，在他的印象里，力士们好像几乎不怎么说话，看起来死气沉沉的；而罗汉则看起来体型更接近于常人。

"罗汉大人，我想请问，佛的'慈悲'是什么？"江寻看着罗汉的那双眼睛。

罗汉的眼睛没有常人眼睛的神采，却好像转动了两下。他顿了一会儿，用他们那钢铁之躯特有的冰冷声音慢慢地说着："'慈悲'是佛祖大人赐予我们与他相同的力量，让我们可以抛弃血肉之躯。"说完，他就站在那里，不再说话，也不再走动。江寻只好退去。

江寻看着他的身躯，忽然有些害怕母亲会变成这样。

五台山上的生活是重复的，尤其是对于江寻来说。终于，江寻将母亲的告诫遗忘，再次偷偷地离开了木屋。他已经偷偷观察了几天力士们巡查的规律。

他想起了自己与那个老和尚初见的时候。

那是几年以前，江寻刚随着母亲来到五台山的时候。那时候，山上到处还是充满生机的绿色。他在五台山上肆意地奔跑，忽然停下了脚步。

他看见了一个和其他寺庙截然不同的寺庙。它看起来并不高大，也不那么威严，甚至可以说有点儿破旧，与山上那些金碧辉煌的寺庙相比，显得有些格格不入。

好奇心驱使着他的脚步，他慢慢地推开了门。木门发出了难听的"吱呀"声。

小庙里只有一间主殿和两个偏房，都小得可怜。院落里没有江寻想象之中杂草横生的样子，有些幽静。

江寻环顾着四周，慢慢地走入了主殿之中。他抬头想看看庙里的佛像，却愣在了原地：这个寺庙里并没有供奉佛像！

"果然已经没人住这个地方了。"江寻想着，转过身来。

"小施主，你好！"一个有些苍老的声音自面前传来，吓了江寻一跳。

他抬头看去，是一个老和尚。江寻刚想脱口而出，又想起来母亲的教导，低下了头："法师，你也好！"

老和尚听见了江寻的话，笑了笑，看着面前的孩子，问道："小施主怎么会来到此地？我这小庙可是很偏远的。"

江寻抬起头来，看着面前这个老和尚，穿着一件有些破旧的僧衣，但是很干净，除此之外，就没有其他的装饰品了，看起来像大街上的一个慈祥的老爷爷，除了没有头发。

"我在山里闲逛，这里都是大人们，没有人陪我玩。"江寻回答道。他握了握拳头，"大师，你能不能给我讲一些故事听听。你年纪这么大，肯定知道好多故事。"

老和尚愣了愣，看着孩子希冀的眼神，无奈地笑了笑，将双手放到背后："那你随我到院中，我给你讲。"

"好！"江寻高兴地跑了出去。

此后，每隔几日，江寻总是会去找老和尚。老和尚知道很多故事，见过很多人，偶尔也给江寻讲讲佛法，江寻总是一知半解。

江寻也问起过老和尚："为什么你不去山上的大庙里住？为什么要住在这么偏的小庙里？为什么小庙里没有供奉佛像？"

他有很多的疑问；但是，老和尚并不会回答，只会摇摇头。

　　江寻就会继续去让老和尚讲故事，讲那些他不知道的事情。天下之事全部浮现在老和尚口中吐出的词句里。

　　他有时候抬起头看着那些把五台山围起来的高墙，总是会情不自禁地冒出一个想法："我也想去那些故事发生的地方，自己去看一看。"

　　他靠着庙里的石柱上，想象着苏杭之地水乡的富饶、边塞之地风沙的壮阔……这是他从来没有见过的。

　　他问着老和尚："你怎么知道这么多地方？难道你都去过？"

　　老和尚摇了摇头，说道："我没有去过这么多地方，可是，我看过很多书。"

　　江寻叹了口气："我看不懂书。"

　　老和尚放下了手里的杯子，看着他，认真地问道："你想不想和我学认字？学了字，就可以去看书了。书里什么都可以见到。"

　　"可是，我在五台山上从来没有见过书。"江寻有些遗憾。

　　"你以后总会见到的。"老和尚又摸了摸他的头，心里还剩下半句，"当你去外面的世界的时候。"

　　于是，江寻又跟着老和尚学写字。

　　以前那些像是毛毛虫的字符在江寻的眼里开始有了实际的意义。

　　自幼父亲就去世的江寻，一直跟着母亲艰难地生存，于是母亲才带着他来到五台山上。他好像发现了一些事情，这个世间并不是每天只能去考虑温饱，还有许多有趣的事情。

　　再后来，颖王即将登上帝位的时候，有人提前得到了风声，一些人选择溜下山去。江寻和母亲没有去处，只能继续留在山上。他照常走那条自己发现的小路拜访老和尚；可是，山上的大师们下了命令，不许人们接近这座小庙，还在不远处安排了力士，来阻拦想要到达这里的人们。

　　江寻已经熟悉了山间小路，只得走另一条路去找老和尚；可是，因为五台山上的那些僧人加强了管控，也只能偶尔去。

　　江寻将纷飞的思绪转移回眼前。他只能先离开那里，绕过了那些力士和罗汉。幸好,一路上没有再碰到了。

一向安静的山上传来了争吵的声音。当江寻快到达的时候,他才确定了是那个小庙里有人在争吵。

这个小庙平时只有老和尚,会是谁?江寻不知道,只能先躲在树后面,伸出头偷偷看向那座没有名字的小庙。

过了一会儿,他听见争吵声停止了。小庙里走出了一个中年僧人。江寻见过那个中年僧人,只要在路上碰见他,大家都必须对他行礼,应该是个大人物。后面跟着两个钢铁力士。中年僧人对着小庙敞开的门留下一句:"顽固的老东西!"就甩了甩僧袍,带着钢铁力士,头也不回地向山上走去。

江寻赶紧把头缩回去。等到他觉得人已经走远的时候,才从树木的阴影里站了出来。他赶紧跑向老和尚所在的偏房里。

"你没事吧?"江寻看着面前的老和尚,担心地问。房间一如既往地干净整洁,只是地上多了几片碎掉的瓷片和一片深深的水渍。江寻蹲下,将那些碎瓷片扒拉到墙角。

年迈的僧人看着眼前的少年,本来沉默的脸上浮现出了色彩。

老和尚摸了摸少年的头,缓缓地说道:"我没事。"

这位江寻见过的年纪最大的僧人,慢慢地往后仰了仰,好像有点儿疲惫。

江寻上前为他轻轻地按压眉心,这是母亲教他的。

老和尚缓缓坐起了身来,慢慢地说:"我记得你问过我,我为什么不去山上,而是一个人在这个小寺庙里?"

听到老和尚说的话,江寻点了点头:"但是,当时你没有告诉我。"

"江寻,你是个聪明的孩子。"老和尚看着他的眼睛。经过了这两年的相处,两人早已经熟悉,老和尚已经不再叫他小施主了,"坐下听我讲吧。"

江寻坐到了老人的旁边,看着面前的僧人,认识他的时候,他的脸上就已经充满了山壑般的皱纹，这两年，他衰老得似乎更快了，整个人看起来瘦了一圈。

"在我年轻的时候，我也曾经试着考取功名。当然，最后落榜了……"老和尚缓缓讲述着。那些泛旧的记忆又被从逝去的时间中翻找了出来。

江寻的脑海里浮现出了一个瘦削的身影背着书箱在长安城里求学，他想考取功名，却无奈落榜。于是，他又拜访名享长安的诗人、才高八斗的文学家；可是，最后都因为才学不够而被放弃。他又试着去尝试书画……可是，无一例外，青年并没有取得什么成就，反而从青年变成了中年。

中年人一事无成，更没有娶妻生子，飘摇半生已过。干脆剪去三千烦恼丝，自此削发为僧。

师父说，他像在天空中飞翔的鸟，但是找不到方向。这样也好，一辈子不知不觉就过去了。

直到那一天，他随着师父去往大慈恩寺。在那里，他见到了改变自己一生的东西。

那是一个制造精密的木鱼，明明没有人去碰它，却能自己敲击发出声音。他拿到手里端详，在木制的外壳背后是精密的零件。几个简单的零件通过巧妙的方式连接在一起，却能产生这样的效果。

他觉得那是比长安城里春日盛开的花更美的东西。

他用颤抖的声音问大慈恩寺里的和尚，这是如何做到的？

那些僧人告诉他，当年，玄奘西行，不仅带回了众多的经书，还带回了一些记载着这些技术的书；但是，上面的字符没人能辨认，只有玄奘法师自己制作出了这个木鱼。

那些书呢？

就在我们寺庙里。

中年僧人回去的时候，怀里捧着一摞他奉若珍宝的书籍。

第一年，他成功制作出了那个会自己敲的木鱼，只要僧人早晚将木鱼底下的小木棍旋转 33 圈。

第三年，他制作出了可以让一个身体瘦弱的青年人也能推动千钧货物的诸犍车。

但是，他还是觉得不满足。他设想，自己制作出的这些造物可不可以自行运转？

他收拾起行囊，带着那些书离开了寺庙，借宿于沿途的寺庙，没有寺庙的地方就席地而眠，见惯了世间百态。

僧人想寻找可以让自己想法实现的契机。

又过了几年，当原本寺庙里的僧人们已经快要忘记了他这个人的时候。人们看到一只鸟儿自高空中俯冲而下，落到墙边，一张卷成筒状的纸条落到地上。

有人把它捡起，上面只有一句话："普慧明日归寺。"

普慧，这是僧人的法号。

人群发出一声惊呼，人们这才发现，那并不是真正的鸟儿，它的翅膀由青铜组成，在日光的照耀下发出耀眼的光芒。眼睛是红色的宝石，像是真正的鸟儿一样。

第二天的日落时分，普慧终于回到了阔别已久的长安。他的身后是一辆诸犍车，但是能自己前进，缓缓地跟在普慧的后面。最前面是用黄铜雕刻出了诸犍身形的浮雕。

"其状如豹而长尾，人首而牛耳，一目，名曰诸犍。"

来自《山海经》中的古老异兽的形象，从未像这样深刻地印在长安人民的心中。

在离开长安数年后，普慧终于得到了可以让自己构想成真的契机。

在一个叫高奴县的地方，他见到人们用一种叫洧水^①的东西照明。其色先黄后黑，形如凝膏，点燃后极亮。居住在附近的百姓们用野鸡尾将油蘸取，采集到瓦罐中。

普慧看到洧水的那一刻就知道了，他这些年的旅途已经到达了终点。

他开始研究洧水，将一大两的洧水凝练成铜钱大小，普慧称之为洧铢。他将洧铢点燃之后放入改造后的青铜鸟之中，原本只能凭借风力飞翔十几米的鸟儿，如同一道青绿色的闪电，划过了天际。

他把这只鸟儿取了一个名字——驱霆，像是雷霆一般的疾速，可以被人们拿在手里驱使。

普慧笑了，他从未这么开心过。

好像有什么东西从肩膀下掉了下来，他从未感到这么轻松。普慧第一次觉得，自己的人生不是灰暗而无意义的了。

接下来一段时间里，他大概知道了洧铢使用的量，驱霆飞翔40里左右，需要两个洧铢，五个洧铢可以让载着五石的诸犍车行驶30里，诸如此类。

该回去了，他想着。

一个新的时代在他手中诞生了。

回到长安的那天，皇宫里的圣人亲自召见了他。

他本来默默无闻的法号也被世人知晓。

普慧大师，妙法无双。

他宣称这一定是佛祖赐下的妙法。

于是，世间尊佛多过尊道。

皇帝将一支军队派往产出洧水的地方镇守，同时，派工造司的工匠向普慧和尚学习。他欣然应允，但答应大慈恩寺的住持，最重要的技术

---

① 洧水：东汉的班固《汉书·地理志》中记载了"高奴有洧水可燃"。"定阳，高奴，有洧水，肥可蘸"是对于石油比较早的记载。

只能传给他们的僧人。

同时借助驿站和驱霆，帝王的命令可以更快传到这个国家的任何一个地方。

俗世意义上的成功，他已经获得。普慧继续将精力投入在研究那些书上。

不久，一个小沙弥拜入了他的门下。小沙弥比他更有天分，当小沙弥成为年轻僧人的时候，已经掌握了他全部的知识。

他也变成了一个老和尚，对那些技术的探求不再有以前的狂热，只想看着自己的徒弟获得更大的成功。

道宣就是他的徒弟。

可是，就在这时，一切都发生了变化。

老和尚讲到了这里，叹了口气。

江寻已经沉浸在了老和尚的往事中，赶紧追问："后来发生了什么？"

老和尚继续讲着。

年轻的僧人已经不满足于这些事物，他开始违背师傅的告诫。

这些技术还没有完全被人们掌握，贸然将巧物与人的身体相结合，不仅无法使肉体驾驭超过承受的力量，还可能导致人们受伤或死亡。

道宣和当时还是皇子的颖王殿下说，自己可以为他建造一支无坚不摧的钢铁军队。

普慧大师的巧物之名已经响彻天下，作为他最优秀的弟子，道宣自然得到了颖王的信任。

颖王给他提供了军队的协助，并且提供大量的精铁。

在这样的支持之下，道宣成功了，可是并不是他想象中的成功。单纯为人们套上一层铁的外壳，并不能制造出他想象中的钢铁军队，而且需要源源不断地加入洧铢来运转。这在战场上是无法投入使用的。

道宣开始换了制造的方向，他找来有肢体残缺的人做试验。大部分人受不了疼痛而当场死亡，活下来的人竟然可以简单操纵钢铁的义肢。

僧人更加疯狂地开始新的尝试，可是，大量死亡的人数被颖王看出了端倪。

当颖王带着军队去逮捕道宣和那些助纣为虐的工匠时，道宣早已经逃脱，留下了几名成功的钢铁战士，那就是后来的钢铁力士。

那几个钢铁力士不知疲惫，力大无穷，又刀枪不入，宛如天兵天将。

当力士们耗尽了体内的洧铢，数倍于力士的士兵们终于把钢铁力士打倒在地。他们的钢铁之下是人类的面孔。颖王命工匠把这些钢铁拆除，可是，钢铁之下已经没有完整的身体，血肉与钢铁用黄铜的线编织在一起，只有心脏还在缓慢地跳动。

这个人已经相当于行尸走肉了。

颖王又派人去查看之前被安装义肢的人们，无一例外，与义肢相连的地方的血肉已经全部腐烂，像一截枯木一样。

是的，这就是真相，每一名钢铁力士的背后都是一个失去了完整躯体的正常人，只剩下制造者赋予的简单的意志，像是长安夜市上那些被小贩操纵的提线木偶。

颖王看着那些血肉模糊的尸体，终于明白了这些技术的弊端，他是想拥有一支无坚不摧的钢铁洪流，但不能建立在士兵的牺牲上。他立马下令，追捕道宣和尚，并请示帝王，将天下掌握了这些技术的僧人都带到长安控制起来。

与此同时，道宣已经带着一部分自己信赖的僧人与工匠逃到了五台山。五台山上的僧人们原本并不知道道宣的意图，沦为了新的钢铁力士的养料；可是，这还不够。

道宣又宣称要在五台山上建立地上佛国，以此来吸引那些虔诚的香客和像江寻母子一般穷苦的百姓来山上生活。不仅可以让这些百姓服务于自己，也拥有了可以制造钢铁力士的人口。

等到时机成熟，道宣便会挥兵下山，到时候，在钢铁力士的拥簇下，无论拥地自安，还是反抗朝廷，都有了力量支撑。

老和尚讲完了这些，只剩下江寻愣在原地。

原来，这就是所谓地上佛国的真相。

从来没有什么佛祖赐予世人极乐的佛国，这只是道宣为了完成自己野心的骗局罢了。

他想起了自己的母亲，那个竭尽全力只想让自己过上更好的生活的女人。

"我母亲会不会有事？"江寻面带担忧地问。

普慧摇了摇头："之前得知要封山的时候走了不少人，现在，他还需要人去帮助他。你的母亲暂时不会有危险。道宣更需要青壮男子，你来到五台山上的时候还是个孩子，没人注意到你，现在可就要小心了。"

普慧看了看面前的少年，他教江寻识字，给少年讲书里的天下，也讲江寻最爱听的志异鬼怪。

可是，普慧真正想教江寻的，是他付出一生时间去追寻的、隐藏在那些机关巧物里的真理。

他握住了少年的手："我要你学习我的巧物之术，去帮我做一件事情。"

江寻认真地看着老者有些浑浊的眼睛："需要我做什么？"

"道宣唯一担心的就是我这个师父会帮助皇帝对付他，于是将我也带了过来，他想我帮助他，可是我拒绝了。"老人带着他走到了院子里，看着主殿里没有佛像的莲座，"我虽不精佛法，但也是一生都在当和尚，我教出了这么一个徒弟，自觉羞愧，无颜再面见我佛。"

江寻似懂非懂地点点头。

"朝堂之上恐怕不太安稳，不然，道宣不会来找我。或许是圣人已经不能容忍他的存在。朝廷的军队之所以没有攻破这里，是因为那些墙壁都运用了巧物之物，十分坚硬，寻常的兵器根本无法破开，一旦云梯架好，墙壁就会喷出火焰，让其烧毁。"普慧回头望着江寻，顿一顿，道，"我会教你一种巧物之法，我给他取名为'燎原一炬'！"

江寻看着面前如果没有出家应是白发苍苍的老人，在讲起巧物的时候，眼神是那样明亮，像是孩童一般。

老和尚从僧袍里拿出了一个铁制的小盒子，打开里面是一个墨色的小珠子："这就是洧铢。燎原一炬只需要一颗洧铢，便足以将墙壁炸毁。然后，你就可以带着你的母亲离开，将燎原一炬的制作方法告知朝廷的工匠。有这个功劳，你和你母亲以后的日子也会好过点儿。"

江寻听到这里，鼻子感到一酸。

这十几年里，除了母亲，再没有一个人这么关心他了。

老和尚走到院落中，折了一根树枝，以地为纸，给少年讲解燎原一炬的制作方法。

直到傍晚的钟声响起，少年才从那些精妙绝伦的构造里抽回思绪。

在回去的路上，江寻的眼前还在不断闪烁着那些图纸，看似两个无用的零件组合在一起，却能发挥出意想不到的作用。

少年已经开始想象，在不久的未来，他可以带着母亲，将那高不可攀的墙壁炸毁，回到那广阔的天下，一起去看看大好河山。

母亲今天回来的时候，夜色已浓，比往常要晚了一个多时辰。脸上带着疲惫的神情，走路的时候有些不自然。江寻蹲下，担心地问道："没事吧，娘亲？"

她将脚缩了回去，将江寻拉起："只是刚才回来扭了一下脚而已。"她告诉江寻，比起以前，山顶上的大师和工匠们加大对巧物数量的要求。平日，她们负责的只是一些巧物零件的制作和打磨；如今，她们这些女子也要去铸造炉里帮忙。

"没事的，寻儿。这也比以前咱们居无定所好，只是这两天大师们有了新的研究。"母亲虽然疲惫，但永远是那么温柔。

听到母亲说着这些，江寻想着今天老和尚对他讲的那些话，心情很是沉重。

他为母亲按压着眉心，让母亲可以好受点儿，用低低的声音说着：

"等我们出去的那一天，我会带你去看遍天下的美景。"

月色照了进来，打到了地上，在江寻看不到的地方，母亲的嘴角有些翘起。

此后的几天里，江寻已经初步掌握了燎原一炬的构造，只是由于缺少趁手的工具；但是，照这样下去，它的完成也不过是时间问题了。

老和尚的话变得越来越少，总是一个人望着那座山顶的巨大佛像，像一座沉默的石像。只有看到江寻的进步后，那双浑浊的眼睛里会透露出一丝喜悦。

看到江寻把燎原一炬完成的那一天时，老和尚一反常态，拉着江寻的手说个不停，说他年轻的时候也曾有过喜欢的女子，只是他觉得自己一事无成，只能看着她被别人提亲，后来，皈依佛门，便再也没有见过；讲着道宣小的时候，也是个听话的孩子，会用自己做出来的巧物去帮助香客们，只是可惜……普慧就这样讲着，江寻也好像有了预感，只是握着老人的手，安安静静地听着。

似乎和往常的下午没有区别，老和尚闭上了眼睛，却再也没有睁开。

江寻有些想哭，他将老和尚的手轻轻地放在那干净的僧袍上。

一本书从老人的袖间滑落，封面上没有字。江寻将它捡起，那是老和尚一生的追求，都写在了那本书里。

江寻放下书，跪倒在地上，重重地给老和尚磕了几个头。

他将已经制作完成的燎原一炬挂在了脖子上，隐藏在宽大的衣服之下，把老和尚留给自己的书系到了腰间。

江寻终于下定了决心，离开这个地方。

他回头看了老和尚最后一眼，走出了小庙。

大约戌时，母亲还是带着一脸的疲惫回来，她看着江寻，好像想说些什么，又没有说出口。江寻看见他回来，则是赶紧上前来拉着她的手。

"怎么了，寻儿？"她和往常一样问道，却感觉脑子里的思绪是那么乱。

江寻上前拉住母亲的手："娘亲，我带你离开这里。"

她有些恍惚，眼前的这个少年好像在她不知道的时候已经变成了一个大人。

是不是没有自己，他现在也可以自己活下去了？

江寻将老和尚说的那些话告诉了她。

母亲的脸色变得有些苍白，很快又恢复了正常。

"那些钢铁力士会阻挡我们的，我们又该怎么出去呢？"母亲并没有质疑江寻说的话。

"那我们就不要被他们发现。他们并不能掌控所有下山的路。"江寻看着母亲，眼神还是那么坚定。

母亲轻轻地抱了一下江寻，眼前的少年确实已经长大了，不再是那个只会跟在自己屁股后面的小孩子了。

"好。"

江寻拉着母亲的手，像很多年来一样，两个人一起走在山路里。

"寻儿。"母亲忽然叫起自己的名字。

"怎么了？"江寻把母亲的手握紧。

"你也是该成家立业的年纪了，如果我们没有上山，你现在说不定已经有了家室，会找一个温婉的女子，生一个儿子或者女儿……"

母亲已经很久没有这样与自己聊天了，江寻看着快要褪去的夜色，对着母亲说："会有那一天的。到时候，您都会看见的。"

或许是这两天母亲太过劳累，脸色有些发白。江寻扶着母亲，仔细在山路中走着。

在到达高墙的时候，江寻又回头看了看山顶的大佛，晨光熹微，将一层金光镀在佛像的身上。那金色在江寻的眼里慢慢地变得血红。

江寻拿出了燎原一炬，握着母亲的手轻抚着，告诉她不要害怕。

墙的外面，两个小兵正在打哈欠。这份苦差事，他们不知道还要做到什么时候。

山顶的佛像里，铸造炉冒着热气，道宣面前散落着一地的图纸，一封信放在最上面，落款是光王[①]。

龙椅之上坐着的圣人止不住地咳嗽，嘴边有血溢出。朝堂之上的文武百官都低着头，看不出想法。

墙的里面，一股炽热的波浪伴随着巨响传出。江寻站在不远处，紧紧地拉住母亲的手，他的眼睛紧闭着，没有看到。当气流经过他们时，母亲的衣裳被吹起，露出了黄铜缠绕的脚踝。

作者简介

张育玮，男，晋中信息学院智能制造工程专业本科生，太古科幻学院翼时空幻想社社长，奇幻、科幻小说爱好者，太行科幻公众号实习编辑，众创国风世界观"山海司宇宙"作者。科幻小说获第十五届华语科幻星云奖青少年科幻征文大赛优秀作品。

[①] 光王：李忱于长庆元年（821）获封光王。会昌六年（846），唐武宗死，李忱为宦官马元贽等拥立，登基为帝。李忱在位时一反武宗所为，恢复佛寺。

夜雨向北漫溯

郭熙灵

一

　　崎岖的山路盘绕在川蜀边境，一辆孤零零的马车独行于仲冬的落日余晖中。拉车的是一匹脏兮兮的白马，套的鞍具也不甚名贵。白马一边喘着粗气落下马蹄印子，一边起伏于夕阳光染的叠嶂山峦中，远行劳倦的身影似一个在光阴中若隐若现的梦。

　　车轿内的中年男子睡了一路，在马车夫呼喊三声后，终于从颠簸中醒来。透过小窗外的景象，李商隐知晓自己已然入川。南国的山林不同于北方的枯白肃杀，纵使在冬季，它们依旧青翠着，绵延不绝，每一株树木好像都无畏季节轮换，时间的流逝仿佛只给它们留下一圈又一圈的年轮，以及沉默着屹立的山；然而，笼罩在群山上方的千里暮云让他倍感惆怅。在这一派坚挺的盎然生机面前，他想起躲不开的亡故之人。

　　大中五年（851），先是在一个风寒料峭的春日，赏识他的武宁军节度使卢弘止病故，迫使他在好不容易任职掌书记一年后再次另谋生路。李商隐并不认为自己仕途顺利，考中进士以来，低微的官职与渺茫的前途似乎一直是常态，所以，他对此只叹了一口气，为生命的无常，也为自己难酬的抱负。

而后是春夏交替间鹊去燕归，离别如水东流不息，陪伴了他十二年的妻子王晏媄溘然长逝。他无暇悲哀，西川节度使柳仲郢便向他发出了邀请，希望他能作为参军跟随自己去四川任职。李商隐又叹了口气，简单地安排了家里的事情后，在十一月入川赴职。

妻子的音容笑貌在他的脑海中挥之不去。作为泾原节度使王茂元的女儿，名门闺秀的她却丝毫不介意门第之别，一心一意嫁给了他这样一个清贫自卑而一事无成的书生。是他，辜负了她。聚少离多的愧疚在李商隐心头盘踞，像一场再也不会停歇的秋雨，淅淅沥沥地落在他手中的油纸伞上，而又沿着雨伞枯寂的骨架滴落在他那梧桐叶般死寂的心上。而那轮渐渐没入青山的夕阳，李商隐抬眼望向山尖，如金玉融水的光恰好逸散进他被压抑的苦痛挟持的眼眸，像一只悬挂于莽莽山野之上的眼睛，借着他干涸的双眼泣下过往积聚的泪水。

"大人，小人的老家就在城外，我也有五年不曾回去，家中父母妻儿也不知生活得如何，不知您可否让我……"马车夫紧张地攥紧缰绳，心知这个请求无理。自己只是一个小车夫，怎能让贵人在城外等候自己前去探亲呢，被拒绝乃至责罚也是情理之中；但这次若再过家门而不入，只怕又要等不知几个五年，可人生能有几个五年。

天暗了，马车仍在山路上行走。李商隐允道："你且归家去与亲人一聚吧。入川的路途遥远，用时稍久也是常事，柳大人不会因此责怪于你。"

嗒嗒的马蹄声在城门外十里地处止住了。车夫拴好白马，感恩戴德，朝着东南方向炊烟升起的村落跑去。

父母尚在，妻儿期盼，多好啊，他还有一个家在等他回去。

而我，却已经没有什么亲人了。

李商隐在车夫的身影走远后走下车轿，打发时间闲逛，忽地发现路边隐隐蹲着一个人，从对方身躯漏出的缝隙中能看见些许种子，像在侍弄着什么植物。夜色清明，他想靠近看清些，却蓦地发出一声惊呼。他的脚尚未落下，骤然只见被埋入泥土的种子发出幼苗，而幼苗以肉眼可见的速度飞快生长，很快便越过了蹲着的人的头顶，展开几片肥大的叶片。

当李商隐悬着的脚重新踏上土地时，蹲着的人回过了头，月亮也正好从云层中显现，月光洒落在对方平静的脸上。李商隐不禁为自己的惊扰道歉："在下李义山，怀州河内人氏，无心惊扰兄台，还请见谅。"他的目光从对方没有变化的脸上移开，发现身后的植物不知何时已经结满了垂垂的皂荚果实，而对方似也无意责怪他，抛下一句"无碍"，便起身伸手去摘成熟的皂荚。

"这一树莫不是有足足一百荚皂荚？"李商隐看着地上渐满的竹筐问道。

"确有一百荚。"对方摘完了果，开始拾掇起脚边的锄头。

"兄台莫不是要伐去此树，锉而焚之，待天明便带上这一百荚皂荚售卖于市？"李商隐皱起了眉，他想起了不知在哪本志怪小说上看见的一个小故事，说是南朝大梁有一个不知从哪里来的人，住在客店里，每日去市集上出售一百荚皂荚，日获百钱，入暮则在床前整治几尺见方的土地，播种下皂荚种子，至天亮时便已结满丰满肥大的皂荚。

恰如眼前所见。只是没想到世间竟真有此奇人，若非亲眼所见，恐怕他也只会把奇闻逸事当作无稽之谈。

那人因着这番话却是惊讶道："不，这些皂荚是留给我自己用的。"说着，皂荚树被他手中的锄头砍断，倾然倒下。

"不过，你说得对，我确实要烧掉它，但我的打火机丢在路上了。"他转向三步之外的李商隐，伸手道，"不知李兄可有火镰、火石借来一用？"

李商隐不知打火机是何物，料想许是川蜀一地对火折子的叫法，便也不疑有他，取出物件递给对方。炽热的火星蔓延，吞噬枝干零落的碎屑。在明亮的火光前，李商隐似乎听到那人的呓语，隐隐裹挟在树木燃烧的动静中，像灰烬般轻飘。

"诸行尽归无常，势力皆有尽期。犹如箭射于空，力尽还坠。都归生死轮回。"

一阵奇异的触动攫住了李商隐的心，他看着火势从无到有，熊熊烈焰盛极一时，最终烧尽熄灭，似在阐释着什么高深而质朴的道理。

"不知兄台怎么称呼？"他收回火折子时问道。

那人应道："李兄想到的那个志怪故事，我在后世一本名为《太平广记》的书上见过的，似乎唤作《逆旅客》。"他背起一筐皂荚，沉甸甸的果实和月光压在背上，又笑道，"人生如逆旅，我亦是行人。真是贴切。李兄不妨称我为逆旅客吧。"

奇人，抑或是狂人。李商隐正想再说些什么，身后的白马忽地起身嘶鸣，惊散了思绪。原是马车夫已回到了车轿边。逆旅客注意到了马匹，掉转了步伐，径直向轿子走去："若李兄同要入城，想必不介意捎上我十里，多谢！"话音未落，不顾车夫阻拦，便三两步跨入车厢，待李商隐回头，他已然稳坐于内。

"客兄。"马车重新起步，熟悉的车辖辘声响起，李商隐瞥向坐在自己对面的逆旅客和他脚边的皂荚，又忍不住问，"你这皂荚到底是如何做到瞬息间成熟的？"

逆旅客闻言，哈哈大笑道："这有何奇？人生如梦，南柯一梦与黄粱一梦皆是幻梦；然，梦里不知身是幻，醒来已是梦中人，所见稀奇便也不足为奇。莫说是瞬息间垂实累累，就是豆茎把人送上天、母鸡打鸣下金蛋倒也并非难事；但说到底，皂荚之所以早衰，不过是因为'所欲无故物，焉得不速老'罢了。"他仍笑着，但映入李商隐眼帘的是一双不带笑意的消沉眼眸，里面盛满了历经世事却毫无所得的疲惫。若有铜镜在此，李商隐想，自己那双看遍官场险恶与生离死别的眼睛当也是如此模样。

有道是人生如梦，又说那庄周梦蝶许是蝶梦庄周，如是说来，这世间炎凉、人生百态莫非也只是风中蝴蝶做的一个梦吗？若如海中蜃兽所梦的海市蜃楼一般奇谲瑰丽也就罢了，可为何，这个梦如此无常坎坷……

所遇无故物，焉得不速老。

李商隐想，恐怕自己正好相反。若是沉湎在失败的官场经历与父母妻子的亡故中，一遍遍对着冰冷的现实咀嚼美好的过往，而不是远离一切旧人旧事投入全新的未知中，自己才会像那些皂荚般生长，落得个一夜白头。

二

在接下柳仲郢的邀请时，李商隐就能想到的，他在四川梓州幕府的生活必是郁郁寡欢的。无心仕途，挂念亡妻，被排挤于牛李两党的政治漩涡外，平淡稳定倒也不失为一种恩赐。比如，此刻，他跟随柳节度使来到巴山，立于云雾缭绕的世界里，仿若进入了"窥谷忘返，望峰息心"的诗文；然而，在随行者络绎不绝赞美巴山风光之际，他一言不发。

柳仲郢知晓他的忧愁源于何处，在宴会上说笑着要把府中一位乐籍女子赏给他做妾。"你孤身一人，又远离家乡，总也得有个人照顾你不是。"觥筹交错间，李商隐推辞的话语淹没在管弦丝乐间。

待大人清醒，再呈上笔墨，请求他收回决定吧。

李商隐离开席位，走在夜色渐浓的山道上让晚风吹醒头脑。月华如水，抟在暗淡而厚重的云层中央，沿着天边缘撕开的一条缝隙流转。李商隐的目光追着月光的方向缓缓延展，越望越远，从古旧的栈道、孤寂的山峰到遥不可及的星空，最后，他在东南方山腰的亭子里看见一个熟悉的竹筐和一个熟悉的身影。

是那个种皂荚的逆旅客。入城后，两人告别，他便再也不曾见过对方。

不承想竟在巴山再遇，李商隐的步伐随之移动，他拨开一片茂密的竹林，踏着山石铺就的小路朝那个供游人歇脚的亭子走去。亭子里的人注意到了有人靠近，看清了来人后打起招呼："李兄，好久不见！"

"客兄，你这是？"竹筐内是成熟的皂荚果实，一如当年那筐，"你的皂荚已经种好了？"但周围没有灰烬，地面干净得只有月光。

"上次只是在测试这个时空的时间方向。这次，我找到要找的地方了。"他指着二人所在的亭子道，"这里会发生熵减。"

并没有听懂。

若说上次逆旅客是言辞迷幻而隐有出世意味，那么，这次，李商隐便是如闻异国声韵。逆旅客看着李商隐脸上的不解愈加深厚，又道："再次相见实乃有缘，若李兄不明我所言，不知尊耳可愿听我一番怪解？"两人隔着亭中一方石桌落座，话音未落，山中骤然下起了雨，起初淅淅沥沥，而后雨势渐大，如金玉声。逆旅客看向织网般细密的雨，似还在等待，转头道，"不如我先讲一个故事吧，不知李兄可读过《玄怪录》中杜子春的故事？"

《玄怪录》由唐人牛僧孺所著，李商隐没翻阅过此书，但对牛僧孺是再熟悉不过了，此人正是牛党领袖。李商隐年少时跟随同为牛党成员的恩师令狐楚习文。令狐楚像父亲一样关心教导他，期盼他能为牛党效力；可他却违背恩师意愿，投奔李党成员的王茂元，并成了王家的女婿。由此，他在牛李两党之间夹缝求生，成了世人口中一个忘恩负义又风流轻佻的小人。

"没读过；但我知道此书作者，于大中二年（848）逝世了。"没有仇视，纵使不得志的仕途与牛党所为息息相关。

"生死无常啊……人生非金石，岂能长寿考。"他摇了摇头，按下心中对亡故的怅惘，道，"还请客兄赐教。"

对方清了嗓子，娓娓道："杜子春原是富家子，奈何生性落拓不羁，不几年便将三代家产挥霍一空，后有异人以数千万钱三次相赠于他，却仍被一一散尽。由此，他勘破世间物欲，跟随赠予财宝的异人来到华山炼丹。那人让他看守丹炉，并告诉他，丹炉会化出幻象迷惑他，但只要不出声，丹药便可炼成。"

"夜里，数以万计的猛兽怪物纷至沓来，前有猛虎、毒龙、巨蛇撕咬，后有千军万马刀剑相对；然而，他毫不理睬，那些幻象便也未伤及他半分。而后是天雷滚滚，地动山摇，洪水漫灌；但杜子春端坐不顾，甚至任由牛头马面凌迟他的妻儿，在妻儿的哭喊声里，他自己也被叉入滚沸油锅，又被鬼怪大卸八块杀死，魂魄转世投胎成女人。可就算如此，他仍牢记前世异人叮嘱，闭口不言，就连父母也以为诞下的是一名哑女。直到后来出嫁生下男婴，丈夫抱着婴孩想要逗杜子春说话，未能遂愿，不由得大怒，将孩子杀死。这时的杜子春爱子心切，不觉失声惊呼，幻境随之消失，才发现原来他仍旧坐在丹炉前。"

一个故事在夜雨中落幕，幻境层层嵌套的绚丽色彩让李商隐感到目眩神迷。"人从爱欲生忧，从忧生怖，若离于爱，何忧何怖。"他长长舒出胸口浊气，道，"杜子春看淡了喜怒哀惧恶欲，看似勘破红尘，实则还没有忘记爱，所以，他失声惊呼，仙丹也前功尽弃。好一个奇梦，好一个玄怪。我记得客兄上次也说过，人生如梦，看来世间种种对你而言，皆如此梦奇谲而荒诞虚无。"

逆旅客想了想，道："倒不如说，世界本身就是一个又一个平行的梦境。在这个世界里，杜子春是家道中落的炼丹道人，可在其他世界中，他是遇见猛兽凶禽的农民，是被军队夹击的士兵，是被扔下油锅的罪人，乃至是亲生孩子被丈夫所杀的妇人……那些所谓的幻境其实是真实存在于宇宙中的迥异人生。梦见那些景象的杜子春醒来后，被他梦见的另外的自己也就开始入梦，而酣睡者或许会梦见自己在丹炉前做梦，梦见自己家财万贯，甚至梦见自己被人写进一本叫《玄怪录》的小说……但他们不知道，他们梦见的自己，正是某一个过去、现在与未来的集合啊。"

雨水带着夜间山野的凉气落下，像断线的珍珠从高处四散滚落，流动着向低矮的土坑、山坳处汇聚，滴落进那些黑夜同样倾泻而入的低地。

"这是道家，庄周梦蝶？不，是佛教？也不是，这，你所说的，实在是天方夜谭……"

李商隐一手抚额，一手支在冰凉的石桌上撑住脑袋。这是在说，我们都是庄周梦见的那只蝴蝶所做的一个个瑰丽而支离破碎的梦吗？世人汲汲营营、奔走求生时，原都只是恒河沙数世界中无数个自己一场未醒的梦吗？可是，可是梦、做梦的蝴蝶又是因何而生？

"李兄，你知道吗？庄周梦蝶的典故实在很适合作为比喻。蝴蝶做梦诞生出所有相似又相异的世界，而蝴蝶的名字也唤作时间。时间本身并不存在，它是白昼、黑夜、时空、因果、自知和天启在一瞬间的包含。那日夜奔逝的时间之流被蝶翼扇动着截住，因而成了一个节点，然后是无数的可能性从这里分岔涌流，各自延展出那些世界。"逆旅客起身抱起竹筐，将皂荚全部倾倒在桌上，"我曾无数次地做过同一个梦，梦里的一切都是那么亲切：人人美其食，任其服，乐其俗，高下不相慕，生活质朴而安居乐业。嗜欲不能劳其目，淫邪不能惑其心，愚智贤不肖，不惧于物，年皆度百岁而动作不衰。没有疾病，没有苦痛，没有高低贵贱。政治清明，没有党争勾结，没有利欲熏心，大道乾坤朗朗，官民同乐。所有人都幸福地生活于世……我在那里生活了很长一段时间，久得就像是在那过了一辈子；可每当梦醒，我方得知那些烟云岁月不过黄粱一梦。原来，我依旧生活在一个充斥着天灾人祸的世界中，而我也依旧被禁锢在一具疾病缠身的躯壳当中，活着的，只剩下我的思想，但这何尝不是一种生不如死。"

"好在我的思想知道要怎么让我去那里，只要我逆流而上回到那个节点，走入相对的支流，就能够选择去我梦中的世界。在遇到你之前，我已踽踽独行了很长的岁月，沿着河岸，从未来一直往回走。"

他选择跳脱三界六道，去不知是否在的世界，如上九重天。

"不可能的。时间犹如凌空的弩箭，力尽便坠入尘土，都归生死轮回。你不解天意佛道，逆势而为，只是在虚受辛苦，妄造魔业。"李商隐下意识地想反驳，但没说完的话哽在了李商隐喉头，因为眼前的皂荚正在飞速地变化：饱满的革质果瓣瘪了下去，色泽也在逆着纹理攀回曾经的青翠，被掰去的、长针一般的形状出现而又消退，然后是花，满桌青涩的果实变回枝头盛开的花，花朵绽放的瓣子渐渐收拢，含苞着旋转成幼苗……和当时月色下他瞥见的植物如出一辙。

"这……"李商隐对此似乎无言以对。皂荚的转瞬成熟固然离奇，但仍是沿着时间之箭的方向生长，其中缘由无非是使了什么诸如肥料的奇珍异宝加速了作物成熟，所以，李商隐吃惊之余并无他想；但这次眼前所见又要如何解释？

雨渐渐歇了，逆旅客的声音盖过了雨声，成了另一场潮湿而寒凉的雨："我就像是被驱逐出故乡的旧时遗民，空怀黍离之悲，隔着时间流动的裂缝遥望拥有救赎之道的彼岸。不堪折磨的我在因缘巧合下遁入空门，在一次顿悟中，思想游离的那一刹那似被无限延长，超越了一切的时空和因果。无尽的过去、现在和未来都倒映在一起，如同芥子纳下千山万水，不可分辨，也无须去分辨。我像是陷入了悠长的沉思，不知今夕何夕，亦不知昼夜转换，恍惚间，立于时间分岔的河流上空，仰观宇宙之大，俯察品类之盛。自知和天启在顿悟的瞬间预告了整个将来，涌流的时间成了一股自明自悟的心潮。于是，我才明白，瞬间之所以这么漫长，是因为很长的时期也能够被感受为一瞬间，永恒与瞬间在空无面前融为一体。换言之，时间既存在，也不存在，因而，蝴蝶飞向何方，仅仅取决于心的明悟之理。"

一刹那，一瞬息，被捻在指间，薄薄的厚度掷下抹不开的影子，与千百年的岁月等同。

此所谓：万古长风，一朝风月。

禅者走出人生寄宿的逆旅，通过内在化时间将之证空，跨过了瞬间与永恒之间的藩篱，便在瞬间超越了时空的界限。

他来自过去，来自现在，也来自未来。他洞悉这个时空，而今又要投身另一个熟悉的未知。他走过的那些不断崩塌后又重演的时光，于他而言不过漫长的一瞬，长如一个回眸，长如一声叹息。

然后，他尝试用后世的理论和话语诠释自己的行为：

"后世的热力学定律用熵表示和评判事物系统状态。熵值越大，系统越混乱而常见；熵值越小，系统越有序而稀少。我用可以感受和吸收能量的皂荚来检测不同地方的熵值变化。在大多数情况下，皂荚正常成熟，而李兄你上次所见的，便是溢出的熵增加速了生命常见的老化。在先前的苦行中，我利用熵增延长我的顿悟，让思想的触角往前，再往前，带着我回溯到逝去的朝代。我借助过活火山在成为死火山前的最后一次爆发，也曾于沧海枯竭与桑田荒废的变换交替中奋力前行。所有事物的归宿都是衰老过后的死亡，这本应不足为奇；可如果处于一个封闭的系统，山中的低凹蓄满了来自天上的雨水，那么，天上的水源定会减少。我追着熵增的起源最终找到了熵自发减少的地方，就是今夜的巴山。这说明，这里就是我要找的节点。"

"熵增的结局是混乱与毁灭。一开始，我也不明白这个叫热力学的学说，但后来，我发现此理实际早已有之。不管是《至真要大论》中所言的'五味久而增气，物化之常也，气增而久，夭之由也'，还是《汤液醪醴论》中汤液在上古、中古与当今之世的应用对比，无不揭示了时间尽头的玄奥秘密。尽管后世诸多学说认为熵减不可能发生；但事实上，即便阴阳相对，阴阳也从来互根互用、互生互化，阴在内为阳之守也，阳在外为阴之使也，有增怎么不能有减呢？"

逆旅客双指捻起一株幼苗，嫩绿的叶在他手中继续回溯，直至化作虚无。一阵无可奈何的释然袭上心头，他感慨道："或许李兄你听不懂我在说什么，但我相信我们此时的感慨应是相同的。人也好，草木也罢，皆是无所从来，亦无所去啊。如今带领我穿越古今的顿悟，看似终于要结束了，但它又或许永不结束。"石桌上空空荡荡，选择从混乱的常见走向有序的稀少，时间之箭指向的方向是成熟过头的腐烂，如今箭矢调转，但皂荚似乎是从消亡彼端走向消亡此端。原来，生死遥相对立，源头却殊途同归，皆是荡然无存的虚无。

世间万物乃至星辰宇宙，自以为留下永恒，原来不过都是雪泥鸿爪。

如来者，无所从来，亦无所去，故名如来。

"我明白了。"面对不知来自哪一个世界的哪一个后世的理论，李商隐反而苦笑道，"你解释过的：所遇无故物，焉得不速老。当时，我不解，认为目睹往昔故物才令人白头；可在你看来，逆转时间所见的世界方是憧憬的未来。"

是啊，若故物旧人仍是记忆中初见的美好，而我亦是往昔的模样，生活会重新得到改写，又哪会生出怅惘愁思呢。

此情可待成追忆，只是当时已惘然。

"但我不明白的是，你既洞悉无常世事，看透红尘，又为何不顺势而为，仍偏偏执着于自己凡尘俗世时一个虚无的梦？难道世间至道依旧无法让你放下故愿？"

逆旅客笑了笑，不知是没听见还是不愿作答。与此同时，奇异变化再次发生，只见明朗的夜空泛出墨水般深沉的色彩，天云堆叠处形成一处翻涌的漩涡，而流淌的、静止的、抟聚的雨水滴滴分明，从枝叶间、山石上、栈道边齐齐退回落地的瞬间，沿着来时的路径倒流回天上的源泉。

熵减的范围扩大了，河流分支奔涌回源头，时间之箭射回了弓弦。

"李兄，我该走了，感谢你听了我那么久的胡言乱语。你曾说大梁也有个种皂荚的奇人，说不定这记叙的正是我旅途中的哪个幻影。或许，我的思悟并不会止步于此，来日还有相见之时，到时，连同上次你捎我入城的恩情，我必会报答。"

逆旅客走进倒溯的夜雨，与雨水一同消失在李商隐眼前。

风照常拂过山顶青松与山腰古亭，地面干干净净，像没下过雨。

三

"感恩大人您如此礼遇我，锦茵象榻，石馆金台，我又岂能不全心全意效命于您。我知道您是好心关怀我，可我早年学道，经年坎坷，早已参悟玄门奥义，无法再生情爱之想。至于南国妖姬、丛台妙妓，那也只是诗篇文辞应用，我本人实则无此风流本色，还恳请您收回赏赐乐籍女子的决定，在下必会对此不胜感激。"

因为在这世上，不会再有第二个王晏媄了。

落墨。停笔。李商隐搁下手中的请求，听见主厅喧哗不减，好像他只是出去透了一会儿气，便又以"不胜酒力"为由回到了房间。仿佛他不曾见过逆旅客，不曾与他对谈，不曾见过巴山夜雨，亦不曾目睹那人消失在回溯的夜雨之中。

雨不曾落下，正如柳大人酒壶中的美酒还不曾被饮用。

但是，另一个美好的世界啊。那一定是一个她还活着的世界。

"闻道阊门萼绿华，昔年相望抵天涯。岂知一夜秦楼客，偷看吴王苑内花。"年少时的诗句还凝在旧人手中一柄褪了色的团扇上，隔着缥缈的窗纱与悠远的岁月，她遥遥伫立，朱颜一如初见。

如果她还在，那此时她一定在家中，哄着家中稚子，等着留任川蜀的他归家。

如果她还在，那他一定会在此刻写几封家书寄往北方的家，他会在墨色晕染下拈一支毛笔，向她细细道着秋池旁盛开的紫丁香，说那眼泪般澄澈的池水浇灌开了绵长的惆怅，还有那蜀道的险、天府的云和翠绿的林。他还会在信中说起巴山的那一场夜雨，在飘忽的雨水中，他依稀看见旷远的时间河岸，除了自己所在的岛屿，入目的远方皆是伊人朦胧的倩影。

他不知道其他世界的李商隐是否会梦见失去爱妻，梦见如今自己的处境；可若真有那些梦幻般美好的世界，可否也让他做一次王晏媄还在的梦，他愿长醉于此，永不醒来。

晏媄，你可知，在我这个世界，年少时的赠诗竟成了谶语，你果真成了九天之上的仙女绿萼华。你定是羽衣翩跹，不落凡尘。身困于红尘之内的我，才会因此夜夜等不到你来入梦。

晏媄，巴山下了一场雨，雨下得好大，我好想你。

李商隐想象着自己身处那些梦中世界，想象着尚未离世的家中妻子，提笔写下一封寄北的家书："君问归期未有期，巴山夜雨涨秋池。何当共剪西窗烛，却话巴山夜雨时。"

只愿此信化作渡河的芦苇，带着他满腔的思念，漂向等候在北方的佳人。

李商隐在梓州幕府生活了四年，人人皆说他已心死，对于仕途不再执着，当地的僧人早已熟悉他的多次登门，接受了他用以刊印佛经的捐款，并拒绝了他出家为僧的请求。

大中九年（855），柳仲郢被调回京城任职，出于照顾，他给李商隐安排了一个盐铁推官的职位，李商隐便跟着离开了川蜀。又过了两三年，柳仲郢因为擅自杀人被贬官，李商隐随之被罢废，回到故乡闲居。不久后，在大中十三年（859）的秋冬，天气转凉的时节，46 岁的李商隐在故乡病逝。

住在东边的邻居说，李商隐病逝时，夜里淅淅沥沥下了一场秋雨。雨打在院中的梧桐和芭蕉叶上，像一曲未了的挽歌。

住在西边的邻居说，茫茫大雨中，他看见一个背竹筐的人从李家取走了一封泛黄的信，说着什么报恩送信的话语，转身又消失在了雨幕中，像不曾来过。

人为什么会惦记自己凡尘中的旧梦故愿，难道经历世间冷暖与命运坎坷，心如死灰后，听闻高僧诵经与木鱼晨钟，念头空明后，仍然放不下这一个蜷缩在心头的小小执念吗？

在多年前的巴山，在那场不存在的雨中，李商隐向一个不存在的人问过这个问题。那人没有告诉他答案，许是因为一个不存在的人，讲不出一个不存在的答案。

现在解答他的，是一场迟来的雨，一场自无数个对岸倾斜而来的雨。

那夜的秋雨像极了记忆中巴山的夜雨，也像王晏媄走后，下在李商隐人生中绵长的雨，雨水涨满如光阴逆流，好像永远也不会停；但万千世界中，一定有这样一个世界起伏在急湍的水流中：在家的王晏媄收到了那封家书，然后，李商隐回到故乡任职，他们平平安安地生活着，白头偕老，长命百岁。

作者简介

郭熙灵，女，笔名"铁脚将军威灵仙"，天津中医药大学中医学本科生，曾获第十五届华语科幻星云奖青少年科幻征文大赛银奖。

天启大爆炸

吕自瑞　王婧婧

天启六年五月戊申，王恭厂灾，地中霹雳声不绝，火药自焚，烟尘障空，白昼晦冥，凡四五里。

——《明史·五行志》

一　进京

天启六年（1626）的风在大明朝的帝都打着旋儿。

它吹过市井，把商贾们的叫卖声吹得此起彼伏；它吹开清晨的薄雾，小贩们推着载满货物的独轮车，穿过曲折的胡同；吹动茶馆的青色绸帘，把文人墨客的议论抛得高高的，就很快消散。紫禁城的红墙金瓦在朝阳下熠熠生辉，龙旗在风中猎猎作响。宫廷深处，太监和宫女们被风推着往前走动，如蚂蚁般在长廊和宫殿之间穿行。

风吹得万里面庞发痒。

他原本不过是南镇抚司的一名百户，混了近十年，眼看是再没什么成就了。除了办案，他几乎没什么能力；然而，对锦衣卫、对官场而言，办案着实是最次要的事。

谁料想，过了年关没两个月，就有人到了南京，满面笑意地说，他未曾谋面的远房叔叔的表舅是北镇抚司的千户，在抓小偷时摔了一跤，生了重病，卧床不起，一命呜呼了。按道理，这名千户的子嗣将得以恩荫世袭，可他膝下并无子嗣，都指挥使最后想了个法子，找了个同姓的锦衣卫，擢升到北镇抚司，权且继承这名千户香火。

万里收拾了南京的事务，交代好妻子，擎着绣春刀，身着飞鱼服，骑马奔向帝都。

在内城宫门前只等了片刻，一个二十出头、面庞白净的圆脸胖子径直走了出来，只穿着白色素衣，玉白色的牙牌悬挂于腰间，青绿线结，坠着红色牌穗，走起路来一晃一晃有些滑稽。后面跟着几名黑脸的汉子，都是穿着蓝色棉袍、腰带，头戴乌纱帽，腰侧佩弯刀，都是北镇抚司的锦衣卫无疑了。

那胖子看到万里，仿佛碰到几十年未见的老友，小跑着过来，连声道："好气派！好气派！您这身飞鱼服用的是哪里的绸缎？江南的丝绸到底是比北方的好呢。"

万里摸不清这人底细，这种亲热的做派让他有些不适，只好低眉作揖道："是南镇抚司都指挥使江大人在小人临别前赠予小人的，听说是皇上赏赐给江大人的。"

胖子脸上笑容一尬，摸了摸万里肩膀的飞鱼纹，呢喃道："不像，真不像……哦，我是北镇抚司百户苏其昌，万大人且随我来。"

这人看起来稚气未脱，竟然已是百户，外加生得如此白净，却不知道是哪家的公子哥。公子哥何必跑来干锦衣卫这种脏活儿？万里心中不解。

看到胖子，守门的卫士恭敬地行礼："苏大人好！"

万里心里暗暗思忖，苏其昌已经领着他进了内宫。他们七拐八绕，在东安城北的一处府宅停了下来，匾额上写着"许府"。

苏其昌叩了叩门。

"都指挥使许大人去天津指挥衙门府了，听说那里出了一些事。"他忽然转头道，"你知道吧？"

万里心中茫然："小人应该知道什么吗？"

苏其昌嘟囔了一声："万里大哥，你马上就是千户了，怎么敢如此折煞我呢？以后叫我小苏就好。"

万里正想追问一些，门却开了，迎面是个40多岁的中年人，面庞瘦削，低眉顺眼。苏其昌似乎和他也颇为熟络，但他只是淡淡地寒暄，都指挥使府上的管家上前迎接。

"随我来吧。"管家声音嘶哑，"张天师嘱咐说，万千户的屋子风水有恙，必须要破门移墙、紧闭门户一百天。数着日子还剩着些呢，我家大人让万大人暂且住在府上，到时候再搬不迟。"

万里连声道谢，随着过了道圆形拱门。里面竟别有洞天，迎面是一汪清澈见底的池塘，右边山石掩映，赫然是两层的木质小楼。在寸土寸金的京城，竟也有如此地方！

看到万里震惊的眼神，管家脸上浮出一丝微笑："听说大人从南京来？这座院子也是仿了些江南园林的风格。千户的麒麟服已经备在屋子里，里面还有些换洗衣物，刀剑什么的只从府上选了几把，要是难合大人的意，到时候去兵部看看，只消报出指挥使大人名号便是。"

万里受到如此款待，喜不自胜，连声道谢。

管家走后，万里推门进去，目光便被里面鲜红色的麒麟服吸引。

以大红为底，上面绣有金色的麒麟图案，形象栩栩如生，仿佛随时准备腾云驾雾。正午的阳光下，绸缎反射出丝丝光芒，超凡脱俗的威严与神秘满溢而出。他伸手摸了摸，触感柔滑，细腻如水，质地坚韧。嗯？

这质地未免有些太坚韧了。

扯开麒麟服，底下赫然是一桌白银，闪着耀眼的光，发出迷人的魅力。

二　王恭厂大爆炸

万里虽然不喜官场风气，但也不是傻子，都住进了都指挥使家里，无论如何是脱不开身了。只是都指挥使有什么必要贿赂他这么一个无名小卒？想来想去，也只可能是前些日子王恭厂的爆炸案了，这件事死伤无数，震动朝野，却至今未破。

第二天，万里只身去了东林茶楼，这里毗邻东林书院，士大夫们往往在这里清议朝政，侃侃而谈。读书人百无一用，唯一的长处就是消息灵通，胆子也颇大。贩夫走卒们对宫闱秘事支支吾吾，变着法儿打谜语；士大夫们却私底下传抄着各类小报，把百官朝政、皇帝动态事无巨细地记录下来。有时喝了些酒，竟有人在大庭广众下痛骂魏忠贤和东厂把持朝政、残害百姓。

果不其然，茶楼里几乎都在议论王恭厂案的事。万里喝着茶，闭目细听着从二楼曲声遮盖下隐隐约约的交谈声。食客们往往三五成群地围坐一团，也无人打扰他。

"听说当时大晴天掉下来个火球，径直就砸了进去！"

"鬼扯，那火光明明是从地底下来的。"

"我当时在外城，都听到那声音了，耳朵震得生疼，兵部侍郎就死在里面！"

"死的人可不是兵部侍郎张忠书，死的人是当朝的天师张百悟。"

"说来也是，自这小报上再没听过张天师消息。往日，皇上哪天不得见他？"

……

忽地眼前一暗，睁开眼，一位而立年纪、面容俊朗的黑衣男人坐在茶桌对面，尽数遮住从窗外洒进来的太阳。

"刑部张百悟，请万百户……哦，不，万千户去王恭厂一趟。"

万里一步步踏着西南隅城墙的石阶，青灰色的城阶如今染上黑色的余烬，有些地方甚至残留有红色的鲜血印记，被冲洗得只余下边角。他们来到了城墙之上，远眺往日繁华的王恭厂。那里曾经是京城最为繁忙的火药制造厂，如今却成了一片人间炼狱。

城墙之下，是一片被爆炸撕裂的大地。万里的眼前是一幅难以言喻的惨烈景象。王恭厂的废墟上，焦黑的土石与破碎的瓦砾交织成一幅末日般的景象。那些曾经高耸的宫墙和坚固的厂房如今只剩下断壁残垣，一如被巨兽肆意撕咬后的残骸。爆炸的中心地带，地面被炸出了两个数丈深的巨大坑洞，形成京城大地的创口，触目惊心。

风中爆炸后的余温和硫黄的刺鼻气味似乎仍萦绕在人的鼻尖。万里心脏抽搐，感到一阵恶心。他的眼前，是那些未能及时逃离的百姓的遗物——破碎的家具、烧焦的衣物，甚至是一些无法辨认的个人物品，它们在风中无声地诉说着那场灾难的残酷。

张百悟站在万里的身旁，眼神中流露出淡淡的哀伤，低声道："这场爆炸，死伤的百姓不下八千人、兵卒不下两千人。整个北京城的义庄都被填满了，烧尸的灰烬撒到水里，把护城河都染成了墨色。"

废墟之中，剩有百姓于瓦砾堆中艰难地搜寻着，他们的脸上写满了绝望与悲痛。一位身着粗布衣裳的中年男人，眼神空洞，手中紧握着一件破旧的棉袄，一深一浅地彳亍着，希望能找到一丝亲人生还的证据。他的脚下是一片片破碎的陶片和木屑，每一步都像是在踏碎自己的心。

作为锦衣卫，万里在南京处理过大小案件不下几百桩，如此惨烈的却绝无仅有。他长叹了一口气，问道："内外三大营没几日便要到兵部这里统领火药，每次至少也有千余斤。按照兵部火药储量，会炸成这样吗？"

张百悟笑了笑："至少登记在册的量来看，万不可能如此。要知道，当日爆炸之后，数十株参天大树被连根拔起，坑深数丈，烟云随火焰冲天直上，如同灵芝般滚向东北。西安门一带，铁渣如麸如米般霏落。宣武街以西、刑部街以南，近厂房屋皆尽倾倒，宫中修建宫殿的工匠上百人被震落在地，成为肉泥。"

"整个北京城都在震颤！"

万里心中也明白，若只是黑火药爆炸，何必让他进京？

忽然，一个熟悉的声音传来。"好巧，万大人又见了！"

回头正是昨天见到的百户苏其昌，他越过张百悟径直走过来，笑着作揖："说错了，说错了，今日该叫万千户了。"

万里不敢怠慢，回礼道："苏兄说笑了，不过是代千户罢了。"

张百悟似乎并不喜这人，告辞说刑部今日有要事，便匆匆离开了。

苏其昌看着张百悟的背景，冷冷一笑："刑部的人不过都是些成事不足、败事有余的东西。"

"苏兄何出此言？"

"万千户，你可知道你为什么被都指挥使从南镇抚司调到北镇抚司？"

万里正是疑惑："为何？"

苏其昌眯着眼："你我都知道六年前的红丸案。先皇服用了方士许可灼的仙丹，身体不幸垮掉后便驾鹤了。皇上登基后，罢免了未劝阻许可灼献药的内阁首辅方从哲，太医院崔文升发配至南京，贬许可灼充军。这才算了结。"

万里背生冷汗，强装镇定："不错，锦衣卫内外，这红丸案又有谁不知道呢？"

苏其昌摇摇头："万大人当年初出茅庐，不可谓不'艺高人胆大'！你在南京找崔文升做了什么，后来给南镇抚司都指挥使呈上来的书信里写了什么，是有人知道的！"

"万望兄弟明示。"万里惊骇不已。当年，他还是个毛头小子，只图一鸣惊人，建功立业，就私下调查了红丸案，全然没想到这红丸案背后党争复杂，岂是他一个小小锦衣卫可以染指的。

苏其昌终于恢复笑意："万大人不必紧张，小弟只是佩服大人智慧过人，洞若观火。这王恭厂爆炸案非大人不能破。"

万里打着哈哈："京城卧虎藏龙，身怀绝技之人如过江之鲫，刑部和都指挥使手下的各位能臣自然能查清其中脉络，以慰皇恩。"

"他们？哈哈，怎么能查出来什么呢！在京城最重要的就是什么也查不出来，能查出来东西的人在京城活不下去！"胖子脸上的肉笑成一团，"查出来魏公公的人会死，查出来东林党的人会死，总不能查出来皇上的问题吧！"

万里无语凝噎。

苏其昌拍拍他的肩膀："即便是先皇驾崩，也难免什么都查不出来；但这次不同，死伤太大，甚至有不少重臣受惊发疯。皇上刚刚登基，东林党已经在劝皇上下罪己诏，上慰苍天，下安百姓。"

万里皱眉，新帝登基不过几年，未有功业，先发罪己诏昭告天下，威信尽失，以后怕是更无力掌控朝野。

按苏其昌所言，北镇抚司调他一个外地人入京，是为了查明王恭厂爆炸案。那都指挥使大人又何必用重金笼络他呢？

除非……这个案子是查得清要查，查不清也要查！

苏其昌望向远方，视线尽头是森严的深宫："万大人，你我都是明白人。这京城的水深得很。王恭厂爆炸案背后，可能牵扯到的不仅仅是几个官员，甚至是整个朝堂的势力。你现在是锦衣卫千户，这个位置可以是荣华富贵，也可以是众矢之的。"

三　忠奸之辩

在许府待了几日，万里终于算是摸清这苏其昌的底细了。原来，这小子不知怎的攀上了魏忠贤，认作他的义子，而指挥使许大人又和魏忠贤交好，因此，他在许府和京城都是来去自如；不过，这胖子竟不骄横，反而八面玲珑，见谁都笑嘻嘻的，倒惹人喜爱。

知道了这些后，万里便有意疏远了苏其昌，接连几日询问管家何时能从许大人府中搬走。无他，魏忠贤和阉党的恶名早已远扬，即便在南京，百姓也没有不唾弃的。他要是和这些人走得太近，后面难免要受牵连，背上一生骂名，为他人耻笑。

苏其昌时不时找他出去饮酒狎妓，万里都推脱说公务繁忙，难以抽身。这也是实话，锦衣卫、东厂的卷宗都送了部分过来，虽然有几个机灵的锦衣卫帮忙查看，但万里知道，查案务求从零碎入手，每页纸都要亲力亲为地翻阅。

从破晓到黄昏，用了近十天，万里翻遍如烟般的卷宗，跑遍京城内外，还是了无头绪。

所有线索都指向一件事：王恭厂大爆炸绝非人力可为，甚至不能是人祸，只可能是天谴。

这日，万里拜访遍北京城的工匠，乘着晚霞回了许府。一进门，管家就说："万大人辛苦了！许大人今日从南京返了回来，正在里宅等您。"

一位须发花白的老人伫立在凉亭里，静静注视着池塘里游来游去的金鱼。

池中之鱼，尚且自由。朝堂中，谁是游鱼，谁又是赏鱼之人呢？

万里碎步走了过去，嘴唇嗫嚅了半晌儿，终于低声说："恩师！"

许显纯回过头微笑。

十几年前，他不过是草舍学堂里手无缚鸡之力的儒生，而今因缘际会，已经成为锦衣卫北镇抚司的都指挥使了。

"坐下吧，许多年未见了。"

万里说不出话，他不敢相信，当年那个怒斥阉党、提笔著诗讥讽东厂的恩师，如今成为魏忠贤——这个为天下人唾弃的奸臣的左膀右臂。

太阳渐渐落下，在水面上播撒下淡淡的橘色辉影，金鱼也乏了，隐没到池中深处。

许显纯只是喝茶，万里终于打破沉寂："许大人，近些日子，我已经仔仔细细查看过王恭厂废墟，未有可疑之处；也清点过兵部火药的账目，没有对不上的；兵部近来除了从各地多招了许多工匠，再无什么异常；遍访北京的能工巧匠，都说即便是兵部一年的火药堆在一起，也万不能有这么大的爆炸……"

"城南有不少百姓看到天上掉下一个五六丈宽的火球，臣窃以为这事儿是天灾无疑，非人所为。"

许显纯并未接话："你说，什么是忠，什么是奸？"

万里毫不犹豫道："忠就是忠，奸就是奸！那些残害鱼肉百姓的、为天下唾弃的就是奸臣！"

许显纯轻轻放下手中的茶杯，目光深邃地望着万里，缓缓开口："万里，老师再给你上一课，入了京城，你就该知道，这世上的事并非总是非黑即白。忠与奸，很多时候不过是立场不同、利益相争。魏公公虽然为世人所诟病，但他在朝中却有其不可或缺的作用。"

万里眉头紧锁，并不应答。

许显纯继续说道："阉党鱼肉百姓，搜刮民脂民膏，不假；但是，那些所谓的清流、所谓的士大夫，又有几个干净的！东林党人以师门、籍贯、家族相互勾连，攀附在百姓身上，子子孙孙，永不断绝。这大明朝两京一十三省，多少土地归百姓，多少土地在东林党人手中？"

"阉党没有传承，没有子嗣，再恶，只不过是几十年的光景；可这士大夫何曾断绝过！"

"得罪了东林党，就是得罪了天下读书人，笔墨在他们手上，就只有他们骂人的道理了。"

"你且想想，推行矿税的是东林党人，还是魏忠贤？有矿的是百姓，还是士大夫？皇帝年弱，没有内宫撑持，他又如何同百官抗衡呢……"

万里愣在原地，难出一言以对。直到杯盏中茶水冷透，他方长叹一口气："恩师，办完王恭厂爆炸案后，且遣我回南京吧。"

四　狼齿

春天的北京外城是一幅繁华而又杂乱的画卷。狭窄的街道上，摊贩们摆满了各式各样的货物，从新鲜的蔬菜瓜果到精巧的工艺品，应有尽有。吆喝声、讨价还价声此起彼伏，空气中弥漫着各种食物的香气，混杂着尘土和烟火的气息。

城门口，进城、出城的人群络绎不绝，马车、挑夫、行人交织成一幅繁忙的景象。

流民们或坐或卧在城墙的阴影下，他们的眼神中透露出疲惫与无奈。孩童们在人群中穿梭玩耍，而老人们则静静地坐着，仿佛在回忆着过往的岁月。

在这熙熙攘攘的人群中，苏其昌和万里并肩走着。苏其昌身着一袭青色长衫，腰间挂着玉佩，打扮得颇为风流倜傥，只是相貌实在平平；而万里则穿着锦衣卫的标志性服饰，飞鱼服在阳光下闪烁着光芒，显得格外醒目。

"看那边，"苏其昌指着一个卖糖葫芦的小贩，"糖葫芦可是北京城一绝，要不要尝尝？"

万里摇了摇头，他的心思显然不在这些琐碎的事物上。

天启六年（1626）的京城，一场震惊朝野的审判在这些天落下帷幕。

王恭厂爆炸案的真相如同一块巨石投入平静的湖面，激起了层层涟漪。审判由刑部主导，锦衣卫和都察院的官员们也参与其中，共同审理这一震动朝野的惊天大案。

原来，兵部中有官员在王恭厂私藏了大量黑火药，他们以王恭厂作为掩护，秘密囤积兵器火铳，准备在适当的时机意图不轨；然而，天网恢恢，疏而不漏，一场突如其来的骇人爆炸将他们的阴谋暴露在了朗朗天空之下，也造成无辜百姓惨烈死伤，累计近万人。

御史左光斗监察不力被流放，兵部尚书秦示文被株连九族，兵部左右侍郎袁可立、唐世济被满门抄斩，其余被牵连的内外大臣多达几百人，东林党人在朝堂上折损大半。

刑部和锦衣卫给兵部尚书定罪的关键证据是车辙。

王恭厂东西两边各有两个库门，凡火药等物从东西两边运入王恭厂，分开存放，分开记录，虽详细账目在爆炸中付之一炬，但兵部残存账目来看，两边大抵都是等量。

爆炸几乎毁掉了王恭厂的一切，但东西两边巷道里的车辙印记却留存下来一些。这些留在石砖地上的车辙东边深、西边浅，是经年累月留下来的痕迹，足以证明运往王恭厂的马车里，两边库房重量并不一致，东边库房里想必私藏了远比西边多的火药，这就和账目产生了冲突。

苏其昌有些不解："万大人破王恭厂爆炸案有不世之功，皇上特赐飞鱼服，擢升您为指挥佥事。大人不到而立之年，从布衣之身已官至正四品，前途已不可限量！"

万里没说什么，他只是心中略有些疑惑。此次案件，他算是尽忠职守，并未弄虚作假，是依证据定了东林党人的罪，兵部尚书等人无法解释车辙之别；可还有些东西难以解释：这些火药为何爆炸如此猛烈？那些多出来的火药是从何处来的？

苏其昌摇头："许是喝着江南露水长大的，太娇气！升了官满面愁容的，我从小到大在这北京城二十年第一次见。"

万里没好气地拍了一下他肩膀，笑了一声，也开始打量起集市上的玩意儿。

北京的集市和南京的差别不大——除了吃的，但万里实在吃不惯北方食物。他绕了几个街口，忽然发现有个汉子穿着破烂的粗布衣衫，扯着块黑色的布，摆摊卖着奇怪的玩意儿——牙齿。

"这是什么？"万里问。

汉子咧了下嘴，恭敬地道："回大人的话，这些都是狼齿。药典上面记载了，狼齿可治小儿惊痫身热、大人骨间寒热，有镇魂安心的功效。大人可要买一些？"

万里当了十年锦衣卫，一眼就看出，这分明是人的牙齿！

他冷冷地说："老实交代，这到底是什么东西？"

汉子连连叩头："大人，小人爹爹是猎人，家里在北京城东的山林里打猎为生，这些确实是狼齿啊！"

万里"噌"的一声，将绣春刀抖出鞘："如再胡说，我定要将你押入镇抚司诏狱之中！"

听说诏狱，那人吓得肝胆俱裂，尿流满地："小人听说有人去王恭厂废墟里捡到不少金银，最次也有人捡到铁块；可等小人到了，什么也不剩下，只有这些牙齿了。小人没说半句假话，小人不敢杀人，望大人明察呀！望大人明察！"

万里把这些牙齿拿起仔细观察，从大小颜色看，不过十来岁而已，大小不一。兵部王恭厂是朝廷存放兵器火药的重地，镇守兵士都是年富力强的老兵，哪里来这些年轻人？他心里发毛，升腾起一股子不好的预感，立刻启程回了北镇抚司，遣了几十锦衣卫即刻赶往王恭厂，让他们细细搜集废墟余烬里年轻人的牙齿。

是夜，镇抚司内堂，雪白的牙齿铺满地面，在月光下闪着森森的白色光芒。

这王恭厂爆炸的核心区域里，竟然找到分属近百名年轻人的牙齿！

万里不寒而栗，瘫倒在椅子里，颤抖着嘴唇派人去户部和刑部核对近一年来京城丢失的年轻人数量。

五　密查

北京城的六月的夜，空气燥热。

万里自许府搬了出来，就住进之前万千户的宅子。不过是在胡同里的三进院子，除了几张床、几个柜子、几扇屏风，再没有什么装饰了。看来这名千户生前也是个刚正不阿的廉洁之人，只是没落得个好下场，死得蹊跷。

近来，为了王恭厂案和准备面见圣上接受嘉奖，万里一连没得休息。在镇抚司等了一会儿，心想已是深夜，户部和刑部那边查起来还要些时间，于是乘马车就先回了家。把竹床搬到院子里，穿着单衣躺下，月光柔和地洒满身侧爬山虎架子，风轻轻地吹着，像吹过来的炉火。

王恭厂里怎会有这么多的孩童？

兵部尚书难道真的是被冤枉的？

这件事和当年南京的案子莫不是有干系……

万里脑海中思虑万千，眼皮愈加沉重。

这是个好长的梦。

自红丸案后，太医崔文升被贬到南京，终日苦闷不已，每日半天都在借酒消愁。万里私下常常去找他喝酒，一连几个月，二人竟也成了忘年交。崔文升胆子不大，只敢借着酒劲指桑骂槐，讽刺朝中大臣，万里听得一知半解。直到有一日，崔文升得知连累被贬到苏州的弟弟去世，喝得极多，才把红丸案内情据实向万里说了。

万里虽然心中惊讶，但结合这些天闲聊和坊间传言，倒也猜了个大半，无非就是党争之事。

说着说着红丸案，崔文升忽然止住哭泣，话锋一转，歪头瞪大眼睛："你说，把针插进脑袋会怎样？"

万里被他的动作吓得身子往后一缩："那自是死了！"

"用银针从眼睛穿入，向上刺进脑子里，人只会失去自己的意识，状若痴呆，不会真傻，更不会死。"崔文升摇摇头，"孩童的大脑最为机警，这么处理后的孩童最适合……"

老太医不再往下说，仰天大哭："这都是天谴啊！是天谴啊！我弟弟病死苏州是天谴啊！"

万里只当是老人受不了弟弟去世的消息，悲痛交加后胡言乱语罢了。隔天，他将红丸案相关内情一一陈明，写了封信，找了个熟识的百户，请他务必呈给南镇抚司的都指挥使陈大人。

结果可想而知，陈大人震怒，私下里以诽谤为名让万里休息几个月好好反省，手上的案子都被别人接手，要不是万里祖辈在南镇抚司辛劳几代人，颇有根基，怕是即刻要被锦衣卫除名。

万里是闲不下来的性子，在家中待了半月，急得发疯。这时想起崔太医的话，他心下一动，开始独自调查起南京城近来报有儿童失踪的案子。

这一查才知，近几个月走失的儿童已有近十人，附近的扬州、苏州也多有孩童失踪，不过都是贫苦百姓家的孩子，报了案，官府和锦衣卫也管不过来，往往也就无疾而终了。渐渐地，南京城里起了"叫魂"的谣言，说是有个人穿着黑色的衣服，戴着蓝色的帽子，能够发出人类听不懂的声音，勾走小孩的魂魄。凡是被勾走魂魄的小孩，都恍若僵尸，跟着那个人一起在城里走动，有时也发出骇人的喊声。后来，这谣言更加夸张，甚至说是大人也会被"叫魂"勾走魂魄；不过，失踪的孩童有些找了回来，新失踪的慢慢减少，"叫魂"之说终究没能起多少风浪。

万里到失而复得的孩童家里，发现这些孩童都变得痴痴傻傻，眼中无神，答非所问，口里念叨着《道德经》《论语》和一些历书时间之类。在失踪孩童那边查不到什么，万里只好用起笨办法，找了个隐秘地方，整天监视着崔太医住处。终于，候了一周多，这天晚上，崔太医提着竹篮，小心翼翼出了门。

夜色如墨，南京城外牛首山的轮廓在月光下显得格外幽深。万里悄无声息地跟随着崔太医，穿过了一片片密林，来到了这座山的深处。他注意到崔太医的步伐异常谨慎，似乎在躲避着什么，这更加坚定了万里心中的怀疑。

终于，崔太医在山林里的一处小土包前停下了脚步。万里藏在一棵古树的阴影下，目不转睛地观察着。他看到崔太医跪在土包前，口中念念有词，然后从竹篮里掏出纸钱，引起火，烧了起来。

漆黑的山林里，橘红色的火光映照着崔老太医的面庞，说不出的古怪。等烧完纸钱，老太医用泥土掩盖掉黑色的灰烬，就径直离开了。万里确认崔文升走远，才过去仔细观察，这片土包看起来都是新泥，像是这几个月新动的土，至于土里埋了些什么，已不言自明了。他本打算绕着这方新坟搜寻一下周围会有什么，又怕夜深山险，自己迷路在牛首山里，只好做了标记，待第二天一大早，就趁着天晴入山搜寻。

寻了几日，在坟东南一角约二里地的一处平地上，万里发现了一个小山洞。洞口被藤蔓和野草遮掩，若不是有意观察，很难发现其存在。万里屏气凝神，慢慢地从洞口进入，尽量不发出任何声响。洞内一片漆黑，回望只有入口处透出一丝微弱的光亮，山洞内部似乎有低沉而古怪的念诵声，那声音缥缈遥远，仿佛来自另一个世界，又清扬的好似歌声，与洞壁碰撞回响，让人不寒而栗。

山洞越发狭小，直到拐过一道弯，前面豁然开朗，出现一道亮光。万里屏住呼吸，偷偷向亮光里窥视。他的心脏猛地一跳，眼前的景象让他几乎无法相信自己的眼睛。

山洞内部空间广阔，中央摆放着一个巨大的黑黄色装置，形状奇特，似金非金，似木非木，仿佛某种古老的机械。装置的上方，盘腿坐着一圈圈的小孩，约有数百名，他们的脸色苍白，眼神空洞，直勾勾看着前方。那里站在一个 30 岁左右的男人，远远地看不太清脸庞。

男人嘴里高声说着万里不懂的语言，声调起伏多变，音节诡异，像是在朝天高歌，底下的机械装置渐次起伏，闪出光芒。

孩童们整齐划一，大声呼喊："之乎者也……经史子集……宇宙……六年五月……"中间掺杂着万里听不懂的语言。

忽然，这些孩童的声音愈加有规律，愈加高昂，像是琴曲马上就要到高潮之处，又猛然停住，整个山洞没有一点儿声音，沉寂得像要死去。

就这么沉默不知多久，有一些孩童突然出声叫起来一个人的名字："郑必昌！郑必昌！"

霎时间，像是点炸炮仗，又有更多孩童喊："万里！万里！"

万里浑身上下毛发倒立，一瞬间从心头凉彻全身。

不等多久，所有孩童都在疯狂大喊："万里！万里！万里！"

声浪在山洞里回荡，整座牛首山似乎已经摇摇欲坠。

万里转身朝外面逃去，他只觉得洞口的白光离他越来越远，眼前的视线越来越黑，好似马上身体就要支撑不住，倒将下去。

一路奔逃到山脚下，回望牛首山，阳光透过树梢，洒在蜿蜒的山径上，金色的光斑随着微风轻轻摇曳。山间的溪流潺潺，清澈见底，几条小鱼在水中自由游弋，无忧无虑。耳边阵阵鸟鸣，清脆悦耳，山中佛顶寺的钟声厚重，撞下几片落叶。

山洞中可怖的一切好像并不存在。

六 死路

"轰隆！"耳畔一阵惊雷炸开，后半夜竟淅淅沥沥下起雨来。万里伸手擦了擦额头，他已然全身湿透，不知道是汗水还是雨水。

门外敲门声急促，是锦衣卫："大人，我们已从刑部调来相关卷宗了！"

万里并未应答，他身体僵住，视线停留在主屋的楹联上：天子仪仗，诏狱总旗；上善之德，海上明月。

他住了几十天，从没感觉过这副楹联有什么蹊跷之处，但兴许是梦回多年前南京牛首山那次经历，让他的大脑活络起来。

表面看，"天子仪仗"和"诏狱总旗"属于锦衣卫职责，"上善之德"和"海上明月"是褒赞这位千户德行；可这十六个字既没有平仄，也不讲押韵。是谁能写出这种楹联呢？

联想到这位千户死得古怪，万里疑心更深。所谓"天子仪仗"，是锦衣卫常设十二个所，其中，中、左、右、前、后五个所负责统领卫下充任天子仪仗的所有军士；"诏狱总旗"是指北镇抚司执掌诏狱，为便于看管，另设有百户五名、总旗五员。"上善之德"取老子《道德经》中的"上善若水，水善利万物而不争"，"海上明月"或来自唐朝张若虚所作"海上明月共潮生"一诗。

前半部分暗指数字"五"，楹联后半指向"水"，这是不是巧合呢？

万里翻身下床，未着鞋履走了过去，摸了摸，掰了掰，只感到这楹联木质属实坚固，成色颇新，像是装上没有几个月。

不妨一查！

推开门，四五名穿黑衣的锦衣卫抬着个箱子，道："大人，刑部相关的案卷都在这里了。我们翻了翻，近半年，北京城约莫走失了十几个孩子，近一年大概二十几个。这都是有报案的，户部那边册籍繁杂，一时半会儿整理不出来少了多少孩童。"

万里皱紧眉头，微微颔首。

"大人可要亲自看一下这些案卷？"

"不必了！"万里摆摆手，"我且问你们，'五水'这两个字在京城是什么意思？"

一个年纪稍长的百户回答说："城东五里有一条河，或许可以指代'五水'。"

也有人回道："西边不远有座水生寺，离此处大约五里地。"

雷声阵阵，外面的雨更大，仿佛要冲刷掉世间一切真相。牛首山的诡异景象历历在目，王恭厂爆炸案和当年叫魂案是否存在关联？

其实，他有更担心的。北镇抚司都指挥使许显纯是他恩师，假以时日，他定能平步青云。此时再查下去，节外生枝，却当如何？东林党已被定罪革职大半，势力大不如前。查出个清白，还能真去给清流们翻案吗？这时候，他才真正明白当日在城墙上，望着王恭厂废墟里的烟尘，苏其昌对他说的话："可不敢查出来些什么！"

是的，于情于理，万里都不该继续了，只是……

闭目沉思良久，万里睁开眼。

"雨停后，即刻分两路人，一路去城东外，一路去水生寺，给我搜个仔仔细细，什么也不能放过！"

"再遣一路人去天津河北，细查当地有儿童失踪与否。"

接连折腾了几日，河底游鱼都快捞出来干净，水生寺的香炉都翻了个底朝天，却是一无所获。万里搅和得镇抚司鸡犬不宁。许显纯颇有不悦，私下提点，让他别再大动干戈，免得王恭厂之案旧事重提。

万里权且当耳旁风，只是不对外提王恭厂里儿童牙齿的事，寻了个借口让手下锦衣卫们继续去查便是。

同时，他又沿着失踪孩童的线索，查起来这些孩童共同的特点，是否接触过什么人，在哪里失踪……只是最后还是找不到什么可下手的地方，尽是些鸡零狗碎、东拼西凑的故事，梳理不出逻辑。

几条线最后汇集到一起，竟全是走不通的死路。一切东西都像台阶下被雨水冲刷了不知多久的石板，光滑到反射出阳光，干净到透出青苔气味。

如今，只剩下一条路了，再去南京牛首山一趟！

万里抬头望天，喃喃道："今年的雨如此连绵，京城莫不是又要水灾。"

"不会的，雨马上要停了。"

万里转头，苏其昌撑着油纸伞，默默矗立在雨中，似乎已经很久很久。

苏其昌脸上全然没有了往日嬉皮笑脸的神情，面无表情地扔过来一个竹筒："查吧，查吧！把这大明的底子全都抖搂出来，查他个天翻地覆！来，打开你想要的，打开了九死一生！"

他转身，消失在雨幕之中。

悠悠的声音在雨中回响："别去南京，去了，死路一条！"

怪不得什么也查不出来，原来是苏其昌早已先登一步。

万里弯腰捡起竹筒，轻若无物，打开，里面是薄薄的一张羊皮纸。

是这张纸害死了上任千户，抑或是上任千户用命换来这张纸呢？万里长叹一声。

七　终章

古今兴亡多少事，东林茶楼里的《广陵散》依旧。

万里坐下，对面的男人道："你比我推想的要笨些，我等你好久了。"

万里不可思议地望着这张脸："张百悟……当年南京牛首山山洞里，

就是你，怪不得初见你有熟悉的感觉。这些年，你竟然一点儿没老。"

张百悟不置可否地点头："哦，我不是人啊。或者说，我和你们不一样。你有什么想问的？"

万里思虑良久，缓缓说："王恭厂里的孩童和牛首山里的孩童为什么变成那样？你当真抽走了他们的魂魄吗？"

"唉，对，也不对。"张百悟道，"我借用了他们大脑，用来计算一些东西。"

"计算？"

"我把世上所有的经史子集、百官记录……凡是能找到的文字全都让他们读下去。这样，他们就能给出关于世上大多数事情的回答，并且相当准确。"

万里想起那些孩童身下的非金非木的装置，问道："是用那些机器吗？"

"那些只是负责供给能源的。孩童的大脑才是世界上最精妙绝伦的机器，把他们串联在一起，输入越多的信息，就越接近世间真相。"张百悟陷入回忆，"当时，你查出来红丸的内情，被报告到皇帝处，兹事绝密。我却一口说出你的名字。此后，朱由校奉我为国师，对我百般信任。"

"我进了京，先是帮忙改进火器，抵御北疆之敌。这两年，才又开始建造人力计算机。由于需要大量金属和火药驱动，便设立在王恭厂……"

他呵呵一笑："你查案方向对，也不对。车辙印一深一浅，不是因为有一边沉，而是因为有一边太轻了！"

"朱由校这个小孩，让苏其昌在南京牛首山我废弃的山洞里想要自己造人力计算机，每次都把我运到兵部的金属、火药之类偷走一些，真当我不知道吗？"

万里面露苦涩："所以，王恭厂爆炸果真只是意外吗？"

张百悟笑出声："当然不是！我在王恭厂用人力计算机计算如何才能用有限炸药制造这么大的爆炸，确保这件事必然会在你们的历史上留下痕迹，被史官记载。这样，我家人就知道我在哪里、哪个时间，就能接我回家了。"

他喝口茶："朱由校这小子还傻乎乎让我去刑部查爆炸案。也是，朝中不是东林党的人，就是魏忠贤的人，他手里除了半个锦衣卫，还剩下谁呢？"

万里难以置信地看着眼前的男人，他云淡风轻，似乎上万的伤亡在他眼中不过是一窝蝼蚁。

他悲愤大喊："非人哉！"

张百悟注视着万里，冷冷地说："别的方式死伤只会更多。现在，朝中魏忠贤独大，许显纯虽与魏忠贤交好，但锦衣卫到底不是东厂。你够正直，也没有那么正直，以后领着锦衣卫效忠朱由校，制衡魏忠贤，可保一时太平。"

"北疆大胜的消息来年就会进京。苏其昌这人愚不可及，他还想借刀杀人，我何必杀你？留你，我足以报偿朱由校之恩了……"

天空中的雨忽然停下，厚重的云层被一股怪力扯开，露出湛蓝的天空。东边一个白点儿迅猛地扎下来，以茶楼为中心爆发出千万道光芒，刺得人无法睁开眼。

琴弦拨断，《广陵散》曲停，睁眼时，杯中茶水已尽。

白色的帘子微微扰动，灰色窗棂外，天高云淡。一切似真似幻。

三天后，南京又发生爆炸，所幸在城外山中，无甚伤亡，只折损了一名姓苏的百户。皇帝下罪己诏，告诫大小臣工"务要竭虑洗心办事，痛加反省"，且下旨发府库万两黄金赈灾。

天启七年（1627），袁崇焕克金军于锦州，举国欢庆。

从那天开始，朱由校痴迷工巧之事。

朱由校一生是个木匠。

作者简介

吕自瑞，男，中国科学技术大学新闻与传播专业科技传播方向硕士。曾获全球华语科幻星云奖青少年专项奖优秀作品、安徽省大学生微电影大赛一等奖、国际大学生数字人文创新创意专项挑战赛三等奖、中国科学院科普科幻大赛一等奖、江苏省青年科普科幻作品大赛三等奖。

王婧婧，女，中国科学技术大学硕士研究生，研究方向：媒介叙事。